INA WESTMAN

HEUTE BEISSEN DIE FISCHE NICHT

Aus dem Finnischen
von Stefan Moster

mare

Die Originalausgabe erschien 2018
unter dem Titel *Henkien saari* bei Kosmos, Helsinki.

Copyright © Ina Westman/Kosmos 2018

Das Jansson-Zitat auf Seite 7 folgt der Ausgabe:
Tove Jansson, *Das Sommerbuch*.
Aus dem Finnischen von Birgitta Kicherer.
Copyright der deutschen Übersetzung
© Bastei Lübbe AG Köln, 2014.

1. Auflage 2021
© 2021 by mareverlag, Hamburg
Lektorat Ulrike Melzer
Typografie Iris Farnschläder, mareverlag
Schrift Plantin
Druck und Bindung CPI books GmbH, Germany
ISBN 978-3-86648-645-4

www.mare.de

Für Jukko

»Wann stirbst du?«, fragte das Kind.

Und die Großmutter antwortete: »Bald. Das geht dich aber überhaupt nichts an.«

»Warum nicht?«, fragte das Enkelkind.

Die Großmutter antwortete nicht, ging auf den Felsen hinaus und weiter zur Schlucht hinüber.

»Das ist doch verboten!«, schrie Sophia.

»Ich weiß«, antwortete die alte Frau verächtlich. »Du und ich, wir beide dürfen nicht zur Schlucht gehen, aber jetzt tun wir es trotzdem, dein Papa schläft nämlich und wird nichts davon erfahren.«

Tove Jansson, *Das Sommerbuch*

Das Boot kommt aus dem Nebel. Plötzlich gleitet es hinter uns als dunkle Gestalt im Grau. Genau deswegen hat mich Joel nach draußen kommandiert, damit ich nach anderen Booten Ausschau halte, denn auch wir sollten eigentlich nicht hier sein.

Das Wetter hat uns überrascht, wie so oft in den Schären. Beim Einkaufen schien noch die Sonne, und wir glaubten dem Ladeninhaber Börje nicht, der vor den Wetteraussichten mit außergewöhnlich dichtem Seenebel warnte. Wir sind Stadtbewohner, auch Joel, obwohl er das manchmal zu vergessen scheint. Das Boot hat einen Kartenplotter und ein Radar, aber Joel verlässt sich nicht gern allein auf die Geräte, schon gar nicht, wenn wir Fanni dabeihaben. Wegen Fanni geben wir uns ruhig und lassen sie auf dem iPad Spiele spielen, die normalerweise verboten sind. Sie ist völlig zufrieden und merkt nicht, wie gereizt wir uns gegenseitig anfahren.

Trotz des Radars hat Joel das Boot offenbar nicht gesehen, denn er blickt von der Kabine aus nur nach vorn. Ich gestikuliere an Deck und rufe zu dem Boot hinüber, denn es kommt zu dicht an uns heran, aber an Bord ist niemand zu sehen.

Als ich den Blick schließlich aufs Wasser richte, schreie ich. Um uns herum treiben leere orange Rettungswesten. Es sind mindestens fünf, ich versuche zu erkennen, ob sich unter der Wasseroberfläche irgendwo eine Hand reckt. Aber bei dem Nebel ist das Wasser still und glatt, abgesehen von den leichten Heckwellen unseres Bootes.

Lautlos treibt das andere Boot auf uns zu, es hat uns schon fast erreicht. Es will mit uns kollidieren. Ohne Passagiere.

Ich stehe an Deck und stoße einen Schrei aus, der die Erinnerung an etwas weit Entferntes weckt. Ich schließe die Augen und schreie, die Panik will mir den Atem rauben, und ich spüre, dass mich allein das Schreien am Leben hält. Joel stoppt den Motor und stürzt aus der Kabine. Er nimmt mich beruhigend in den Arm und versucht zu erspähen, was ich da anbrülle. Ich kann nicht aufhören. Wenn ich schreie, bleibe ich am Leben.

Fanni kommt an die Kabinentür, aber Joel befiehlt ihr mit seiner strengen Lehrerstimme, wieder hineinzugehen.

Als ich in Joels Armen endlich aufhöre zu schreien, ist das Boot nicht mehr da. Es ist dorthin verschwunden, wo es herkam, und ich kenne diesen Ort nicht.

Joel sagt, ich hätte geträumt, alles sei gut. Mama hat nur ein bisschen Kopfweh, erklärt er Fanni, die nickt und sich wieder in ihr iPad vertieft.

Ich sitze in der Kabine und starre nach draußen, versuche, den Himmel zu erkennen, aber im Nebel sieht man nichts. Hier ist niemand, hier sind nur wir und unser Boot, auf dem Weg zurück zur Insel.

EMMA

Ich habe einen Reißverschluss am Kopf. Er zieht sich in einer gekrümmten Linie über die rechte Seite des Schädels, in der Mitte macht er eine kleine Kurve. Auf der Wunde wachsen keine Haare. Immer wenn ich ihn vergessen will, kämme ich meine Haare darüber. Fanni streichelt ihn und fragt, ob man ihn aufmachen kann. Wir reden darüber, was darunter ist, schauen uns in Büchern Bilder des Gehirns an, reden über Nerven und über das Gedächtnis, darüber, woraus der Mensch als denkendes Wesen entsteht.

»Warum hast du den Reißverschluss?«, fragt Fanni, und ich antworte fast wahrheitsgemäß: »Ich weiß es nicht.«

Es ist die einfachste Antwort an eine Fünfjährige.

Ich lüge. Es ist die einfachste Antwort an mich.

Da ist etwas Unangenehmes. Etwas, weshalb mein Gedächtnis aussetzt, die Gedanken umherirren, der Kopf wehtut. Ich erinnere mich besser an die Vergangenheit als an den gegenwärtigen Moment. Und wenn es doch ein Tumor ist, sage ich einmal zu Joel, an einem der Tage, an denen ich das Gefühl habe, dass in meinem Gehirn etwas wächst und drückt, meiner Persönlichkeit Raum nimmt. Es ist kein Tumor, erwidert er, und ich weiß nicht, ob er lügt. Wir haben ausgemacht, dass auch er lügen darf. Ohne Erlaubnis kann er es nicht, so ist er, solche Menschen sind selten geworden, und ich muss ihn deswegen lieben, oder trotzdem.

An schlechten Tagen frage ich ihn, ob ich sterbe, und er antwortet, »du stirbst nicht«, schaut aber weg.

Der Reißverschluss ist ein Ratespiel von uns geworden, aber Joel hat es allmählich satt. Lange hat er sich einfach nur Sorgen gemacht, aber vielleicht ist die schlimmste Gefahr vorbei, denn inzwischen liegt Überdruss in seiner Stimme. Ich stelle ihm nur noch selten Fragen.

Der Reißverschluss ist aber nicht das einzige Rätsel. Es gibt in meinem Kopf noch ein zweites, eines, über das ich nicht einmal mit Joel rede. Da war ein Flughafen, irgendwo, auf dem ich nicht sein sollte. Dessen bin ich mir fast sicher. Ich habe das Bild so klar vor Augen, als hätte ich es im Kino gesehen: Ich stehe auf einem großen internationalen Flughafen und fühle mich schuldig. Es ist mir immer leichtgefallen, wegzufahren, aber diesmal nicht. Ich hätte dort nicht sein dürfen, aber ich kenne den Grund dafür nicht und weiß auch nicht, wie es von dort aus weiterging.

Womöglich wohnt unter meinem Reißverschluss der Tod. Womöglich werde ich an etwas ganz anderem sterben. Ich bin zweiundvierzig und überhaupt nicht zum Sterben bereit.

Hier auf der Insel ist der Tod weit weg, und für eine kurze Zeit schafft das Erleichterung.

EMMA

Joel nahm mich zum ersten Mal im Oktober mit auf die Insel, als wir uns einen Monat kannten. Für ihn war es ein toller Herbstausflug, ich fand es entsetzlich. Ich war noch nie Boot gefahren und nie auf dem Meer gewesen, in meiner Familie hatten wir nicht einmal Zeit für Urlaub gehabt. Einmal im Sommer fuhren wir zu Omas Ferienhaus im Seengebiet, und das war etwas völlig anderes als das hier: dieses eisige graue Meer am früh anbrechenden Abend.

Als wir uns in das offene Aluminiumboot setzten, dämmerte es bereits. Es herrschte kein klares Herbstwetter; ein kalter Wind wehte, und es tröpfelte. Ich war gerade aus Asien zurückgekommen, das finnische Wetter ging mir durch Mark und Bein. Ich verstand nicht, was es hier Tolles zu erleben geben sollte. Mit leichter, für mich untypischer Angst zog ich die Rettungsweste über. Ich war es gewohnt, Risiken automatisch abzuschätzen, und wusste, wenn das Boot kenterte, würde uns in dem eisigen Meer niemand vor dem Eintreten der Hypothermie finden. Joel versicherte, ein guter Bootsführer zu sein, aber woher sollte ich das wissen, ich kannte ihn ja noch gar nicht. Bei Männern lohnte es sich, skeptisch zu sein. Vor allem am Anfang einer Beziehung präsentierten sich die meisten gern als Supermänner. Die wenigsten waren es wirklich.

Joel hatte mir aufgetragen, mich vernünftig anzuziehen, aber ich besaß keine Bootskleidung. Während der gesamten zwanzigminütigen Fahrt schlotterte ich in meiner Regenjacke und fragte mich, wo zum Teufel wir eigentlich hinfuhren. Der kalte Wind trieb mir die Tränen in die Augen. Joel versuchte, mir zwischendurch aufmunternd zuzulächeln, er genoss das dunkle Meer und das Salzwasser auf dem Gesicht. Ich nicht. Dennoch lächelte ich zurück, als wäre ich schon mein Leben lang Boot gefahren. Die Wellen krachten gegen den Rumpf, ich hielt mich an beiden Rändern fest und stellte mir dabei vor, dass ich in diesem Moment auch in einer warmen Weinbar sitzen könnte.

Joel hatte erzählt, auf der Insel stehe eine authentische Fischerhütte, die er von seinem Vater geerbt habe und die man mit einem kleinen Ofen schnell heizen könne. Für mich war es eine Bruchbude.

»Es ist herrlich hier«, sagte ich trotzdem, weil ich meinen Unmut verbergen wollte und weil Joel so rührend stolz auf den Ort war.

Mir war vom Kopf bis zu den Zehen eiskalt, und es gab keine Ecke, in der man sich aufwärmen konnte. Wir trugen die Taschen mit den Lebensmitteln in die Hütte, und Joel machte Feuer. Mir dämmerte, dass wir im Kalten schlafen würden. Ich fragte Joel, ob man die Sauna heizen könne, und er bejahte, aber es dauere drei Stunden, bis sie heiß genug sei, denn sein Vater habe natürlich für einen Traditionsofen gesorgt, der langsam heiß werde, dafür aber noch am nächsten Morgen warm wäre. Ich äußerte den Verdacht, am nächsten Morgen bereits tot zu sein.

Joel zündete Sturmlampen an, als wäre er hier zu Hause, während ich mich auf äußerst fremdem Terrain befand. Ich war an primitive Lager in warmen Ländern gewöhnt, wo es genügend Licht und Wärme gab. Das hier war trostloser.

Ich kramte den dicken Norwegerpullover aus meiner

durchnässten Tasche – den einzigen, den ich besaß. Joel schien das Nasskalte nicht zu stören. Er werkelte herum und umarmte mich zwischendurch, er schien sich rundum wohlzufühlen. Ich wusste nicht, was ich tun sollte, bis ich auf die Idee kam, die Rotweinflasche zu entkorken. Joel stellte Räucherfisch und Schärenbrot auf den Tisch, seiner Meinung nach war das ein superromantisches Date, bei dem zugleich meine Schärentauglichkeit getestet wurde. Ich selbst fragte mich, ob meine Liebe dafür ausreichte.

Nachdem ich etwas gegessen und zwei Gläser Rotwein getrunken hatte, wurde mir allmählich warm, und ich sah mich ein bisschen um, während Joel die Sauna heizte. Draußen tröpfelte es, und im Licht der Sturmlampen war es doch recht gemütlich. Das Häuschen hatte nur einen Wohnraum und ein Schlafzimmer. Die Küche war klein und primitiv, im Sommer wurde hauptsächlich draußen gekocht. Strom gab es keinen und würde es auch nie geben, aber Joel hatte immerhin zwei Sonnenkollektoren installieren dürfen, durch die der Kühlschrank im Sommer kalt blieb. Hurra. Außerdem hatte er mit seinem Vater eine große Terrasse vor die Hütte gebaut, von der aus man angeblich einen schönen Blick auf das Ufer und das Meer hatte. In der herbstlichen Dunkelheit war die Aussicht natürlich unmöglich zu beurteilen, man sah überall nur schwarzes Meer, nicht einmal Lichter von Nachbarn waren irgendwo zu erkennen.

Damals war ich mir der Einzigartigkeit des Ortes nicht bewusst. Die Insel war groß, immer wieder bekam Joels Vater Angebote für die nördliche Landspitze, aber er wollte nicht verkaufen. Auf der Insel standen hauptsächlich Kiefern, aber neben dem dichten Kiefernwald gab es auch glatte, flache Felsen. Und am südlichen Ufer befand sich ein kleiner Sandstrand. Nachbarn gab es weit und breit keine, die Insel gehörte zum Nationalpark Tammisaari, in dem man nicht so leicht eine Baugenehmigung bekam.

Trotz des klammen Anfangs hielt unsere Beziehung, und im Sommer darauf kam ich erneut zu Besuch. Joels Vater zeigte mir die ganze Insel und machte mich mit einem schiefen Lächeln darauf aufmerksam, wo jeweils welcher Geist und Gnom hauste. Joel hatte auf die Besichtigungstour verzichtet.

Ein wichtiger Geist war eine Kiefer, die am Ufer stand und deren Äste sich teils um den Stamm herumschlangen und sonderbar dem Meer entgegenstreckten. Ursprünglich war sie natürlich wegen der Bäume ringsum und wegen des Platzmangels so gewachsen, aber als nach und nach die anderen Bäume umstürzten oder gefällt wurden, sah man die verschlungene Form mit anderen Augen. Joels Vater meinte, es handle sich um einen Geist, der seine Familie ans Meer verloren habe und sich nun mit seinen Ästen nach ihr strecke. Er tätschelte den Stamm und sagte, das tue er immer, wenn er hier vorbeikomme, damit der Geist nicht zornig werde und niemanden dazu verfluche, im Meer zu landen. Als ich den Baum vom Fenster der Hütte aus betrachtete, musste ich zugeben, dass er vor allem in der Dämmerung tatsächlich wie eine nach dem Meer greifende Gestalt aussah.

Auf dem Festland hatte ich Joels Vater für einen vernünftigen Menschen gehalten, aber auf der Insel bekam ich Zweifel. Er lief in alten, ausgeblichenen Hemden mit Streifen herum und ließ seinen Bart wuchern. An einer Wand hing eine Zaubertrommel, die er zur Freude der Geister abends auf dem Felsen knallen ließ. Um neun wurde immer der Zapfenstreich gespielt, mit der Trommel oder mit dem Horn, das Joel überraschend gut beherrschte, so wie jedes Instrument, das er in die Hand nahm.

Diese Menschen, ihre mystische Liebe zum stürmischen und unberechenbaren Meer, die Veränderung, die sich in ihnen vollzog, wenn sie die Insel betraten – all das war mir neu und fremd. Joel beobachtete immerfort das Wasser und sagte ein ums andere Mal, wie toll es sei, bis auf den Grund sehen zu können. Die Klarheit des Wassers war ein Wert, den ich nicht einmal wahrzunehmen verstand. Doch allmählich begriff ich, dass Joel recht hatte: In Helsinki war das Wasser trüb und schlammig, aber auf der Insel konnte man im Frühling den Blasentang und die dazwischen schwimmenden Fische so deutlich erkennen wie in einem Aquarium.

Ich machte nie Sommerurlaub, und so war Joel in den ersten Jahren unserer Beziehung meistens nur mit seinem Vater auf der Insel. Ich besuchte ihn zweimal pro Sommer und fuhr wieder, sobald mir die Abgeschiedenheit von der Welt zu beklemmend wurde oder wenn wir anfingen, uns wegen meiner mangelhaften Bootsführerkünste zu streiten und darüber, warum ich keine Lust hatte, einen Kurs in Navigation zu machen.

Aber nach dem dritten Sommer blieb ich. Insgeheim hatte ich mich langsam in einen Inselmenschen verwandelt, ich saß abends auf dem Steg und blickte aufs Meer, lauschte dem leisen Rauschen der Wellen. Ich zog einen dicken Pullover an und dachte, dass man sich vor Kälte leichter schützen konnte als vor Hitze. Ich lernte, das Boot zu steuern, und verstand allmählich, wie großartig es war, dem endlosen Horizont entgegenzufahren, immer über die nächste und übernächste Welle hinweg.

EMMA

Ich denke an die Insel und an meine zusammengeschrumpfte Welt, als ich wieder einmal vor sechs Uhr morgens mit Kopfschmerzen aufwache, so wie inzwischen fast immer. Ich taste nach den Schmerztabletten und dem Wasserglas auf dem Nachttisch, ich muss das Medikament nehmen, bevor an Aufstehen überhaupt zu denken ist. Fanni säuselt in meinem Arm, sie riecht nach Schlaf, säuerlich und süß zugleich. Joel hasst unser neues Familienbett, seiner Meinung nach gehört ein Doppelbett dem erwachsenen Paar und nicht dem Kind, aber ich gebe nicht nach, nicht mehr. Ich will Fanni Tag und Nacht in meiner Nähe haben, ohne ihren Atem kann ich nicht einschlafen. Joel fühlt sich durch Fannis Bewegungen und Geräusche gestört, immer öfter schläft er auf einer Matratze im Wohnzimmer, in windstillen Nächten sogar im Boot. Ich kann ohne Joel schlafen, aber nicht ohne Fanni.

Leise stehe ich auf und gehe auf die Terrasse. Großvater sitzt auf dem Buddha-Felsen, so wie fast jeden Morgen. Das Gesicht auf die offene See und den Sonnenaufgang gerichtet, meditiert er dort oft. Er wacht früh auf, so wie ich. Dann tappt er zum Felsen, lässt sich im Lotussitz vor der kleinen Buddha-Statue nieder und kehrt eine Stunde später zurück, um Morgenkaffee oder -tee zu trinken, bevor er sich in seine eigene Hütte zurückzieht, um weiter zu meditieren. Er lebt dort still vor sich hin, ohne sich um uns zu kümmern.

Ich störe ihn nie bei seiner Morgenmeditation. Ich sitze auf der Terrasse, trinke Kaffee und genieße die Stille, danach trinken wir zusammen eine Tasse Kaffee oder chinesischen Tee und reden über dies und das, Hauptsache, wir haben zuvor in aller Ruhe für uns sein dürfen.

Wir sitzen still nebeneinander auf der Terrasse und hören dem Schreien der Seevögel zu. Den Tee koche ich nach Großvaters chinesischen Lehren. Stets wähle ich die Sorte, die zum jeweiligen Tag passt: weißen, grünen oder schwarzen oder einen Kräutertee, der eine bestimmte Körperfunktion anregt. Aber wenn wir wegen starken Windes oder wegen unruhiger Vorfahren schlecht geschlafen haben, trinken wir starken Kaffee aus dem Kessel.

Zerstreut streichle ich die Narbe an meinem Kopf.

»Ich habe inzwischen Halluzinationen«, sage ich, nachdem ich die erste Tasse Tee getrunken habe. »Auf dem Meer habe ich mitten im Nebel ein Boot gesehen, das gar nicht da war. Ich dachte, es sei echt, und habe fast einen Panikanfall bekommen. Joel ist wohl auch erschrocken, auch wenn er den Vorfall später nicht erwähnt hat. Manchmal nehme ich sogar noch mehr wahr, Stimmen, Gestalten am Ufer, Gesichter im Wasser, alle möglichen seltsamen Sachen. An einem Abend war ich auf dem Weg in die Sauna und habe durchs Fenster eine Frau auf der Pritsche sitzen sehen. Zuerst bin ich natürlich erschrocken, aber da war niemand. Ich weiß nicht, woher die Halluzinationen kommen, aber ich kann mit Joel nicht darüber reden und weiß nicht, mit wem ich es sonst tun könnte. Wenn ich dem Arzt etwas davon sage, bekomme ich noch mehr Medikamente und kapiere danach überhaupt nichts mehr.«

Großvater antwortet, indem er in seine Teetasse lächelt. Mit Joel spricht er nie über seinen Buddhismus, seine Engeltherapie oder über Großmutters Anwesenheit im Zimmer.

Joel steht auf der Seite der Wissenschaft, nicht auf der des Hokuspokus.

»Ich mache mir langsam Sorgen und frage mich, was diese Halluzinationen zu bedeuten haben. Werde ich verrückt, oder sterbe ich? Wenn man anfängt, Tote zu sehen, heißt das dann nicht, dass man selbst stirbt?«

»Nein, das heißt es nicht«, antwortet Großvater in seiner ruhigen Art. »Der Mensch sieht alles Mögliche, wenn er es braucht. Ich habe nie Geister gesehen, aber ihre Anwesenheit sehr wohl gespürt.«

Ich weiß, dass er Großmutter meint, deren Nähe er oft wahrnimmt, vor allem auf der Insel. Allerdings hat Großmutter erklärt, sie werde ihm nach ihrem Tod überallhin folgen, sodass es ihm vielleicht gar nicht möglich wäre, ihre Anwesenheit nicht zu spüren, selbst wenn er es wollte.

»An diesem Ort gibt es ein besonderes Magnetfeld, das habe ich immer gespürt, schon als Kind«, fährt Großvater fort. »Konzentriere dich nicht darauf, deine Gedanken oder Halluzinationen abzuwehren, lass sie kommen und gehen, höre, was sie dir zu sagen haben. Hab keine Angst. Schau dir Fanni an: Ihr ist es egal, ob ihre Fantasiegefährten real sind. Sie weiß, dass sie nicht real sein müssen, fühlt sich aber mit ihnen wohl, weil sie sie zum Spielen braucht oder um die Wirklichkeit zu verstehen, um etwas Neues zu lernen. Für Kinder ist das einfach, Erwachsene machen es sich schwer. Manchmal fällt es leichter, mit den Toten als mit den Lebenden zu sprechen.«

Großvater hat recht, wie immer, auch wenn Joel das nicht glaubt. Ich beschließe, die Fantasiegefährten zuzulassen und mich über den Sommer zu freuen, über meine Familie, über diesen Sommer, den wir noch haben.

FANNI

Wie ist es, wenn man alt wird, will Fanni bei Sonnenuntergang auf dem Felsen von Großvater wissen.

Es ist so, dass man den Horizont nicht mehr sieht. Die schönsten Ausflüge sind gemacht, die größten Abenteuer liegen hinter einem, an geliebte Menschen kann man nur noch zurückdenken. Manchmal kommt es einem so vor, als hätte man nichts Schönes mehr zu erwarten, sagt Großvater.

Fanni sitzt eine Weile schweigend da.

Dann muss man aufs Meer schauen, sagt sie und nimmt Großvaters Hand.

So ist es, stimmt er zu und nimmt das vor Leben ganz warme Mädchen in den Arm.

EMMA

Ich lernte Joel in einer Bar kennen, so wie damals alle Männer. Manchmal ging ich auch zu einem Online-Date, aber das war jedes Mal fürchterlich. Im Netz roch man einen Mann nicht, und ich konnte seine Gebärden nicht sehen, ob sie zu mir passten, zu der Vorstellung, die ich von einem Mann hatte. Daher war das erste Treffen von Angesicht zu Angesicht ausnahmslos immer eine unangenehme Überraschung.

Joel stand in einer Ecke der Bar und schien sich für nichts zu interessieren, nicht einmal für seine lauten und schönen Freunde. Seine mürrische Miene machte mich schon deswegen neugierig, weil ich mich fragte, warum er nicht einfach nach Hause ging, wenn er keine Lust zu feiern hatte.

Ich selbst hatte mein chaotisches Leben satt, in dem die Männer kamen und gingen – vor allem gingen. Joel war nicht nach meinem Geschmack. Zu gewöhnlich, kein Abenteuertyp.

Ich ließ meine Freundinnen stehen, die diverse Männer auf Trab hielten, und stellte mich kurz neben ihn. Keine Reaktion. Ich fragte mich, ob er schwul oder vergeben war, aber eigentlich war es mir egal. Darum tat ich das, was ich bei Männern sonst nie tat: Ich ergriff die Initiative.

»Vielleicht solltest du nach Hause gehen«, sagte ich, und Joel sah mich verdutzt an.

»Entschuldige, was hast du gesagt?«

»Weil dir genauso langweilig zu sein scheint wie mir. Ich habe mich nur gefragt, ob du nicht lieber nach Hause gehen und mich bei der Gelegenheit zum nächsten Taxistand begleiten solltest. Von wo aus ich dann zu mir nach Hause fahre.«

Joel starrte mich eine Weile an, und ich dachte, dass er eine überraschend männliche Stimme hatte und deshalb interessanter war, wenn er redete, als wenn er stumm dastand.

»Warum nicht«, sagte er, nachdem er nachgedacht hatte. »Ich sollte einem Freund Gesellschaft leisten, aber wie es aussieht, lässt der sich da drüben von deinen Freundinnen ausnehmen. Er braucht mich bestimmt nicht mehr, eine von denen wird ihn schon abschleppen. Lass uns gehen.«

Und so gingen wir, ohne jemandem etwas zu sagen. Joel brachte mich zum nächsten Taxistand. Ich quatschte auf dem ganzen Weg irgendwelches betrunkenes Zeug, auf das er nicht viel erwiderte. Sein Schweigen und seine Gleichgültigkeit waren das Interessanteste seit Langem.

Er wartete höflich, bis ich ein Taxi hatte.

»Ich komme nicht mit, von One-Night-Geschichten halte ich nichts«, sagte er dann.

»Es muss ja keine One-Night-Geschichte sein.«

»Willst du mir deine Nummer geben?«

»Nicht wirklich, aber ich gebe sie dir trotzdem. Du hast bestimmt keine Lust, anzurufen, und das musst du auch nicht, aber lass uns das jetzt bis zum Schluss durchziehen«, sagte ich und zog mein Handy heraus. »Wie lautet deine Nummer? Ich schicke dir eine SMS.«

Im Taxi schrieb ich ihm: »Du bist der absolut uninteressanteste Mann seit Langem. Ruf mal an.«

Eine Woche später meldete er sich.

EMMA

Zuerst war es ein Witz. Ich dachte, ein Date mit einem un-
interessanten Mann würde mir guttun. Meine Freundinnen
gaben mir recht – ich könnte ich selbst sein, müsste nicht
stundenlang mein Aussehen aufpolieren und einer Jury vor-
führen, was ich anziehen könnte. Zur ersten Verabredung
ging ich so, wie ich war. Auch Joel hatte das offensichtlich getan.

Er schlug einen Spaziergang an der Töölö-Bucht vor, angeblich gehörte er nicht zu der Sorte Mann, die sich bei einem
Dinner wohlfühlte. Also trafen wir uns bei kühlem Früh-
herbstwetter in dämlicher Outdoor-Kleidung.

Das erste Gefühl, als ich ihn sah, war eine leichte Enttäuschung. Er war gar nicht so gut aussehend, wie ich es in Erinnerung hatte, sondern ein ganz gewöhnlicher Mann. Ich
dachte, ich bleibe für einen kurzen Spaziergang, aber nach
der anfänglichen Steifheit hatten wir doch ziemlich viel Spaß.
Ich weiß nicht, ob es daran lag, dass ich endlich einmal ich
selbst war, jedenfalls fand ich es unkompliziert mit ihm. Wir
waren keineswegs über alles gleicher Meinung, aber das
machte das Gespräch umso interessanter. Wir gingen weiter
als geplant, einmal um die Bucht herum, und dann zum Aufwärmen in ein Café. Ich hatte es überhaupt nicht eilig. Dann
bedankte er sich und ging, bat mich aber, ihn anzurufen, falls
ich ihn wiedersehen möchte.

Das war irgendwie rührend aufrichtig. Noch nie hatte mir
ein Mann die Entscheidung über eine weitere Verabredung

überlassen. Jetzt hatte ich keine Lust, diejenige zu spielen, die schwer zu haben ist. Wir hatten auf unserem Spaziergang über viele Filme diskutiert, also schickte ich ihm noch am selben Abend eine Nachricht, in der ich vorschlug, am nächsten Wochenende ins Kino zu gehen.

Ich war regelrecht begeistert von Joels normaler Art. Einem Mann wie ihm war ich noch nie zuvor begegnet. Er spielte keine Spielchen, rief an, wenn er es versprochen hatte, erschien an den vereinbarten Treffpunkten, war höflich und machte so lange keine Annäherungsversuche, dass ich fast verzweifelte. Ich wusste nicht, ob wir bloß Freunde waren oder ein künftiges Liebespaar. Auch Joel wusste es anscheinend nicht.

Er ist so normal, dass etwas mit ihm nicht stimmen kann, mutmaßte ich meinen Freundinnen gegenüber, die misstrauisch nickten. Irgendwo gab es mit Sicherheit eine heimliche Geliebte oder eine versteckte Familie, zumindest einen Bankrott oder irgendwelche Wirtschaftsvergehen, wenn nicht mehr. Ich hatte ihn im Verdacht, religiös zu sein, aber auch das war er nicht.

Die Tatsache, dass er Lehrer war, erklärte einen Teil seiner Moral und seines Anstands, aber nicht alles. Ich merkte bald, dass er in Diskussionen nicht leicht nachgab, und unsere ersten Streitigkeiten ließen nicht lange auf sich warten. Trotz seiner ruhigen Art konnte er aus der Haut fahren und sogar cholerisch werden, wenn ich mich irgendwie querstellte. Anfangs hatte ich mir noch Sorgen gemacht, ob er zu brav für mich sein könnte, aber diese Angst war unbegründet. Joel schaffte es, mich im Zaum zu halten, und machte gleich zu Beginn die Spielregeln klar. Das passte mir ausgezeichnet. Ich hatte genug von all den Wirrköpfen und Helden, mit denen ich früher ausgegangen war, und wünschte mir schon lange einen normalen, bindungsfähigen Mann. Hier war er nun endlich.

Nach und nach verliebte ich mich in ihn. Wegen meiner vielen Reisen gestaltete sich die Beziehung am Anfang eher locker, aber Joel beklagte sich nie über meine Arbeit. Er respektierte sie und legte Wert auf seine eigene Unabhängigkeit. Allmählich sehnte ich mich immer mehr nach den Ferngesprächen mit ihm und nach seiner beruhigenden Nähe. Wenn ich von meinen Reisen zurückkehrte, konnte ich über alles, was ich erlebt hatte, mit ihm reden – oder es bleiben lassen. Mit ausländischen Männern war es unmöglich, zu schweigen, mit ihnen musste man ständig über etwas reden, weil sie Stille als Schmollen interpretierten. Mit Joel konnte ich den ganzen Abend lesend auf der Couch verbringen, wenn mir danach war.

Das Boot und die Natur waren ihm wichtig, aber es überraschte mich ein bisschen, dass er sich nicht besonders viel aus Reisen machte, obwohl er Erdkundelehrer war. Flugreisen vermied er aus ökologischen Gründen, und mit ihm musste ich zum ersten Mal in meinem Leben zelten. Das war neu und romantisch.

Meine Freundinnen überraschte es, dass sich das, was ein Witz gewesen war, in eine ernste Beziehung verwandelt hatte, aber sie lobten Joel und bezeichneten ihn als guten Mann – vielleicht, weil ihnen nicht mehr zu ihm einfiel. Mit so einem lebte es sich leichter als mit einem schlechten. Viele probierten auch die Variante mit einem schlechten Mann aus.

Erst als ich Joels Mutter besser kennenlernte, verstand ich, dass seine Anständigkeit teilweise eine Gegenreaktion auf deren Leichtlebigkeit darstellte. Vielleicht war das eine zu simple Erklärung, schließlich war ich in seiner Kindheit nicht dabei. Vielleicht wurde er ja schon anständig geboren.

Es gibt zwei Arten von Beziehungen: die Sympathie der Seelen und die Anziehungskraft der Gegensätze. Einen Seelengefährten habe ich nie gefunden, Joel bildete eindeutig einen Gegensatz. Das funktionierte, bis das Kind kam.

Vor Fanni mussten wir in unserer Beziehung keine Kompromisse machen. Wir lebten in unseren eigenen Wohnungen, weil das wegen meiner Reisen einfacher war, wir trafen uns mit unseren eigenen Freunden, interessierten uns für verschiedene Dinge. Das passte uns beiden gut, aber im Nachhinein kann man durchaus die Frage stellen, ob wir uns überhaupt richtig kannten. Eine Beziehung zwischen selbstständigen Erwachsenen ist so lange angenehm, bis einer von beiden vom leichten Leben genug hat und ein Kind will.

Inzwischen kann ich den Menschen, der ich vor Fanni war, nicht mehr greifen. Und das ist gut so. Ich glaube nicht, dass ich mich damals besonders mochte, aber daran erinnern kann ich mich nicht mehr. Um mich herum ist Schicht für Schicht das Gefühl der Lebensmitte gewachsen, unmerklich und insgeheim.

JOEL

Ich war bei Frauen nicht besonders beliebt, als ich Emma traf. Genauer gesagt traf sie mich. Ich war nach einer langen Beziehung getrennt, war verlassen worden und wusste nicht, was ich mit meiner ganzen Freiheit anfangen sollte. Ich war schon so weit gewesen, eine Familie zu gründen, aber meine Lebensgefährtin hatte etwas anderes gewollt. Einen anderen Mann, um genau zu sein.

Dennoch verlief die Trennung einvernehmlich. Ich bat sie, ihre Sachen und ihre Möbel zusammenzupacken und möglichst bald zu verschwinden. Danach haben wir nicht mehr miteinander geredet, und ich habe sie auch nicht mehr gesehen.

Die Leute interessieren sich immer dafür, wie man sich kennengelernt hat. Jedes Paar muss eine Art Urgeschichte entwickeln, die man den Freunden und den Kindern erzählt, dabei kann man im Lauf der Jahre die Fügung des Schicksals und bedeutsame Sätze ergänzen. Wenn sich ein Paar trennt, stirbt mit der Beziehung auch die dazugehörige Geschichte. Ich kann mich nicht einmal mehr daran erinnern, wie ich meine Ex kennengelernt habe. Alles, was mit ihr zu tun hat, habe ich bewusst vergessen. Weder sie noch das Leben, das wir einmal geteilt haben, spielen für mich noch eine Rolle.

Aus einer Sendung, die Emma sich anschaute und die ich am Rande mitbekam, habe ich gelernt, dass eine solche Urgeschichte sogar die Länge einer Beziehung voraussagt. Diejenigen, die eine starke gemeinsame Erzählung haben, halten es länger miteinander aus – sogar ihr Leben lang, sagte die schön geschminkte TV-Therapeutin und schaute bedeutungsvoll in die Kamera.

Unsere Geschichte fing überhaupt nicht besonders an. Keine Liebe auf den ersten Blick, wir waren nur zufällig beide von unserem Leben gelangweilt. Ebenso gut hätten wir uns nicht begegnen können. Ich bin sicherlich an vielen Frauen meines Lebens nur deshalb vorbeigelaufen, weil ich nicht weiß, wie man sich Frauen nähert. Doch zum Glück bin ich nicht so abstoßend, dass die Frauen immer einen weiten Bogen um mich gemacht hätten.

Mit ihrem kurzen blonden Haar sah Emma aus wie eine Feministin. Ich hatte sie von Weitem betrachtet, denn sie war die einzige Frau in der Bar, die den Eindruck machte, als käme sie direkt aus dem Wald, darum fand ich sie interessant. Aber eine Frau in einer Bar anzumachen, ist nicht mein Ding, ebenso wenig wie willkürliches Dating oder gar irgendwelche Blind Dates, die die Ehefrauen meiner Freunde hartnäckig für mich zu organisieren versuchten. Darum begnügte ich mich damit, sie und ihre Freundinnen aus der Distanz zu beobachten.

Als sie auf mich zukam, glaubte ich zuerst, sie wolle sich am Tresen etwas zu trinken holen. Aus der Nähe sah ich, dass sie überraschend braun war und hinreißende Sommersprossen hatte. Mit ihren schrägen Augen und ihrem breiten Lächeln erinnerte sie mich an eine erwachsene Pippi Langstrumpf. Anfangs wirkte sie außerdem wie die stärkste Frau der Welt. Ich fragte mich, ob ich für so eine Frau überhaupt genug Energie hatte. Aber dann verliebte ich mich unmerklich in sie. Sie reiste viel, und zu Beginn fiel es mir schwer, ihr zu vertrauen. Lange hielt ich einen gewissen Abstand, sicherheitshalber. Ich hatte bis dahin keine guten Erfahrungen mit Frauen gemacht, meine Mutter eingerechnet. Aber allmählich verstand ich, dass Emma eine Frau mit Prinzipien war: Sie würde mich eher verlassen als mich betrügen.

Als wir einmal über meine Eifersucht stritten, sagte sie: »Du brauchst überhaupt nicht eifersüchtig zu sein. Ich habe mit Männern von allen Kontinenten gefickt und muss das nicht mehr tun. Die Männer sind überall gleich, aber du bist der Beste von ihnen.«

Dieser Logik war schwer zu widersprechen, und ich wollte das Thema auch nicht vertiefen, geschweige denn mehr von den verschiedenen Kontinenten hören. Von da an versuchte ich, meine Eifersucht für mich zu behalten, auch wenn ich Emma für die faszinierendste Frau der Welt hielt und es unfassbar fand, dass nicht alle Männer das sahen.

EMMA

Als wir noch kein Ehepaar waren, erklärte Joel, er wolle nie heiraten. Das habe mit der Ehe seiner Eltern zu tun, behauptete er. Menschen sollten freiwillig zusammen sein und nicht, weil ein Vertrag sie aneinander bindet. Sein Vater wäre womöglich gegangen, hätte er nicht das Eheversprechen zu sehr in Ehren gehalten. Bullshit, sagte ich. Das ist bloß Bindungsphobie und Angst vor Frauen, das kenne ich.

»Wegen der unglücklichen Ehe deiner Eltern können wir also nicht heiraten, ja?«, fragte ich gereizt, als das Thema erstmals zur Sprache kam.

Ich war kein Hochzeitsfreak, aber wenn ein Mann erklärte, er wolle nie heiraten, wurde das Thema akut. Während der gesamten Anfangszeit unserer Beziehung hatte ich Joel immer wieder gesagt, ich sei nicht der Typ braves Frauchen, darum hätte ich auch nicht im Ausland geheiratet. Joel quittierte das mit der Feststellung, er sei nie an diesem Frauentyp interessiert gewesen. Dieses Einverständnis verband uns lange, und ich kann deshalb nachvollziehen, dass meine Heiratsfantasien für ihn wie aus dem Nichts kamen.

Auch darüber diskutierten wir: Liebst du mich also nicht mehr, natürlich liebe ich dich, aber das hat nichts mit Ehe zu tun, die meisten Menschen, die verheiratet sind, lieben sich nicht, sind aber zusammen, weil eine Scheidung kompliziert ist, aber glaubst du denn nicht, dass wir bis ans Ende unseres Lebens zusammenbleiben, das klingt, als würdest du nicht daran glauben, weil du dich nicht traust, zu heiraten, doch, das glaube ich, aber für mich klingt es so, als würdest du nicht an die Liebe glauben, sondern bräuchtest Beweise dafür, wegen der anderen Leute.

Und so weiter. Vor dem Kind hatten wir Zeit für solche Auseinandersetzungen. Auch über das Kinderthema diskutierten wir unnötig. Mit Fanni kam schließlich auch die Ehe, weil es so einfacher war.

Das Thema Ehe war inzwischen so weit in den Hintergrund geraten, dass wir heimlich auf dem Standesamt heirateten und anschließend nur eine kleine Überraschungsparty für unsere engsten Freunde gaben. Das war ganz schön und änderte nichts. Joel hatte recht gehabt.

Er hatte oft recht. Wenn man vernünftig denkt, laufen die Dinge richtig, aber man fühlt nichts dabei.

FANNI

Wann stirbt ein Mensch, fragt Fanni Großvater, als sie an ihrer geheimen Stelle die ersten Blaubeeren des Sommers entdecken.

Das weiß man nicht genau, antwortet Großvater. Normalerweise dann, wenn ein Mensch sehr alt ist und lange gelebt hat und schon ein bisschen müde geworden ist.

Und wann sterben Mütter, will Fanni wissen.

Großvater lächelt. Bei Müttern ist es das Gleiche, entgegnet er.

Aber Großmutter ist vor langer Zeit gestorben. Ich erinnere mich nicht mehr an sie, sagt Fanni. Wohin geht ein Mensch, wenn er stirbt, kommt er ins Universum?

Ja, so dürfte es sein, so kann man es wohl sagen.

Kommt er von dort wieder zurück?

Nein. Darum macht der Tod die Erwachsenen ein bisschen traurig.

Aber wie kann man ihn dann noch sehen, wenn er nicht aus dem Universum zurückkommt, fragt Fanni, und ihre Augen füllen sich mit Tränen.

Großvater ist wieder einmal bewegt, die Empfindsamkeit des kleinen Mädchens erschüttert ihn ein ums andere Mal. Ist es möglich, die Empfindsamkeit eines Kindes zu bewahren, wäre das überhaupt gut, wie soll Fanni mit ihrer Empfindsamkeit in diesem Land zurechtkommen, ohne nach und nach vollkommen zu zerbrechen?

Man kann ihn dann auch nicht mehr sehen, antwortet Großvater, aber man kann sich immer an ihn erinnern.

Vermisst du Großmutter?

Ja, erwidert Großvater. Ich vermisse sie oft sehr, eigentlich jeden Tag.

Fanni streckt Großvater die kleine, von den Heidelbeeren blaue Hand hin. Ich gebe dir die größte, dann bekommst du bessere Laune, sagt sie und hält ihm eine schon etwas angedrückte Beere hin.

Danke, sagt Großvater und lässt sich von Fanni die Blaubeere in den Mund stecken. Die schmeckt aber gut. Da bekomme ich gleich bessere Laune.

EMMA

»Fanni redet ein bisschen zu viel vom Tod«, sagt Joel, als wir einmal still zusammen auf der Terrasse sitzen. Das geschieht leider zu selten, obwohl wir auch deswegen hergekommen sind, wegen uns, weil wir dafür jetzt mehr Zeit haben und Fanni uns nicht mehr permanent braucht.

»Das ist typisch für ihr Alter«, antworte ich und ahne bereits, wohin das Gespräch führen wird. Muss dieser schöne Augenblick mit solchen Themen kaputt gemacht werden? Wenn einmal gute Stimmung zwischen uns herrscht, wissen wir sie nicht mehr zu wahren, sondern ruinieren sie abwechselnd.

»So typisch ist es auch wieder nicht. Was du ständig redest, bringt sie durcheinander. Eine Fünfjährige sollte spielen und sich nicht den Kopf über den Tod zerbrechen.«

Ich schweige. Wir sind unterschiedlicher Meinung, auch darüber. Joel geht den unangenehmen Wahrheiten des Lebens aus dem Weg, er hat sich noch immer nicht vom Tod seiner Mutter erholt, darum ist es für ihn schwer, über den Tod zu sprechen. Ich selbst glaube nicht, dass Kinder durch irgendwelche Themen einen Knacks abbekommen, sondern nur dadurch, dass man sie vermeidet oder dass gelogen wird.

Und schließlich bringt Joel das heraus, worum er schon seit Wochen kreist, weshalb er den Mund oft aufgemacht, aber ebenso häufig wieder zugemacht hat: »Wir sollten von hier wegfahren.«

»Nein«, entgegne ich strikt, denn das ist die einzige mögliche Antwort.

Joel sitzt still da, starrt auf die Terrassenbretter und schlägt zornig eine Mücke tot, die sich auf seine Hand verirrt hat.

Solch eine Stille herrscht mittlerweile oft zwischen uns, angespannt, voller heruntergeschluckter Sätze und Gefühle, verschwiegener Konflikte.

Wann ist das passiert? Es gibt keinen Grund dafür, wir hatten nie schwere, ermüdende Babyjahre, die eine Kluft zwischen uns aufgerissen hätten, Fanni hat immer gut geschlafen und ist ein unkompliziertes Kind, vielleicht sogar zu problemlos und anpassungswillig.

Wir sollten entspannt nebeneinandersitzen können, ohne etwas zu sagen, so wie es Paare tun, die lange zusammen sind, so wie Großvater und ich beieinandersitzen. Es ist seltsam, dass ich inzwischen besser mit dem Vater meines Mannes schweigen kann als mit meinem Mann.

»Vielleicht fahre ich dann mal allein in die Stadt, bevor ich hier selbst noch verrückt werde«, sagt Joel schließlich.

»Fahr nur«, antworte ich versöhnlich. »Wir Verrückten kommen schon klar.«

Aber Joel findet auch das nicht lustig, ich weiß nicht, was ihn überhaupt noch zum Lachen bringt.

EMMA

Joel fährt in die Stadt, kommt von dort aber ebenso unruhig zurück, wie er abgefahren ist. Er hat ein geliehenes SUP-Board mitgebracht und unternimmt damit fast jeden Tag einsame Touren auf dem Meer, um sich zu bewegen. Ich weiß, dass er sich nach Abwechslung sehnt, nach dem Meer oder nach der Stadt, der Sommer ist zu lang, und normalerweise unternehmen wir mehr, sind nicht nur auf der Insel.

Normalerweise. Aber nicht jetzt. Ich kann und will nirgendwohin. Joel versucht, meine Krankheit tapfer zu ertragen, darum willige ich in all seine Ausflugsideen ein, auch wenn ich meistens lieber in einem dunklen Zimmer schlafen möchte. Also fahren wir zum Grillen auf eine kleine äußere Schäre.

Der Ort ist ideal für ein Picknick. Die Abendsonne scheint uns direkt ins Gesicht, und die sanft abfallenden, glatten Felsen sind warm von der Sonne. Wir kennen eine Stelle, wo man gut mit dem Boot anlegen kann, wir sind oft mit Freunden hier gewesen. Jetzt sind wir endlich einmal zu dritt.

Joel hat gute Laune, weil er den Grill für die Gemüsepäckchen und die Sojawürstchen anwerfen kann. Fanni untersucht den kleinen Teich in einer Felsmulde, der von interessanten Insekten nur so wimmelt.

In der Ferne segelt ein Boot, ansonsten ist es so vollkommen still und friedlich, dass ich auf dem Felsen einschlafe. Ich wache davon auf, dass mich jemand anstarrt.

Am Ufer liegt ein Boot. Dasselbe, das ich schon einmal gesehen habe, aber nun ist eine Familie an Bord. Sie sitzen im Boot, starren mich aber alle an, als erwarteten sie etwas von mir. Mich beschleicht das unangenehme Gefühl, dass sie mir irgendwie bekannt vorkommen, dass ich sie schon einmal irgendwo gesehen habe, es hat mit einer Erinnerung zu tun, an die ich nicht denken will. Es gibt viele Lücken und viel Dunkles in meinem Kopf, Unterbrechungen in der Chronologie, Stimmen, die mir unbekannte Sprachen sprechen.

Joel reicht mir einen alkoholfreien Cider, ich nehme ihn und versuche mich auf meine Familie zu konzentrieren, darauf, ob das Essen schon fertig ist. Aber am Rand meines Blickfeldes liegt die ganze Zeit das Boot, es ist unmöglich, nicht daran zu denken und sich zu fragen, was es hier tut, warum es hier ist.

»Ich gehe kurz ans Ufer, bin gleich zurück«, sage ich zu Joel, während ich aufstehe.

»Das Essen ist fertig, bleib hier«, erwidert er.

»Aber da ist wieder dieses Boot, ich muss es mir ansehen.«

»Was soll da sein?« Joel kann seinen Zorn nur mit Mühe kaschieren.

»Na, das Boot, das ich auf unserer Fahrt zur Insel im Nebel gesehen habe«, sage ich, wobei ich versuche, sorglos zu klingen, obwohl ich das überhaupt nicht bin.

»Wir haben doch schon damals festgestellt, dass dieses Boot eigentlich nicht existiert. Könntest du eventuell in Erwägung ziehen, hierzubleiben, bei uns? Hier zu sitzen und so zu tun, als wäre alles ganz normal und schön, als wären wir dir wichtiger als diese Geister, oder was auch immer sie sind? Wenigstens Fanni zuliebe?«

Einen Moment lang stehe ich ratlos mit dem Cider in der Hand auf dem Felsen, ich nehme einen Schluck, schaue auf das Boot, dann auf meine Familie, ich erkenne die aufrichtige Bitte in Joels Augen, Fanni hält inne und sieht uns an, und ich weiß, dass ich nicht anders kann, die reglose Gestalt des Bootes ist wie ein Magnet, es kommt mir vor, als würden sie mir befehlen, hinzugehen, obwohl ich es nicht will. Oder will ich es? Was passiert, wenn ich nicht hingehe, was passiert, wenn ich gehe, verlässt mich Joel dann, verliere ich meine Familie, oder mich selbst? Ich kann das alles in meinem Kopf nicht ordnen, sosehr ich es auch versuche. Der Reißverschluss fängt an zu spannen, der Schmerz drängt unter der Narbe hervor, ich weiß, dass ich nicht mehr viel Zeit habe, bis ich wieder Medikamente nehmen und mich im dunklen Zimmer einschließen muss.

»Nur ganz kurz, bitte«, sage ich und kehre Joel den Rücken zu, gehe barfuß über die Felsen zum Ufer, stehe vor dem Boot, schaue auf die Familie, versuche mich zu erinnern, wer sie sind, woher sie kommen, was ich ihnen angetan habe.

JOEL

Ich versuche zu leben wie sonst, obwohl ich jeden Tag hier wegwill. Früher hätte ich am liebsten das ganze Jahr über auf der Insel gewohnt. Auch dieser Traum wurde nun getestet und für schlecht befunden. Neue Träume habe ich mir noch nicht überlegt, dafür ist derzeit kein Platz. Unser Leben ist gestoppt worden, als hätte jemand die Pause-Taste gedrückt, und ich weiß nicht, was als Nächstes passiert. Dennoch ist es meine Aufgabe, so zu tun, als wäre die Lage unter Kontrolle, als wäre alles gut und normal. Wir machen etwas länger Sommerurlaub als sonst, wir bewegen uns nirgendwohin, sind aber keine Gefangenen auf der Insel. Ist nun mal ein Inselsommer. Es werden auch wieder bessere kommen – man muss nur daran glauben.

Natürlich halte ich wegen Fanni an dem Rollenspiel fest, aber ich weiß nicht, ob sie es mir abnimmt. Fanni hat eine außergewöhnlich feine Intuition, sei es aufgrund ihrer Herkunft oder wegen ihres Charakters. Sie bräuchte kein weiteres Drama in ihrem Leben.

Warum fahre ich nicht weg? Ich fürchte, dass Emma sich endgültig in ihre Vorstellungen verstrickt und etwas Unwiderrufliches tut, wenn ich fortgehe und Fanni mitnehme. Durchaus möglich, dass sie ihren Halluzinationen folgt, ins Meer geht und sich vorstellt, Virginia Woolf zu sein. Jemand muss auf sie aufpassen. Und dieser Jemand bin ich.

Fanni kann ich nicht bei ihr lassen, das wäre verantwortungslos. Fanni hält Emma in der Realität, gerade noch so.

Als Mutter ist sie in einzelnen Augenblicken noch die Frau, die ich kenne. Oder kannte. Wenn Fanni weg ist, kann es sein, dass Emma vollkommen verschwindet. Aber ich weiß nicht, ob sie sich noch als Mutter für Fanni eignet.

Wegen Fanni bemühe ich mich auch, an unseren Gewohnheiten festzuhalten. Wir machen mit dem Boot einen Ausflug zu der Schäre, die wir jeden Sommer besuchen, um dort zu grillen. Es ist eine von den äußeren Schären, von den Felsen aus blickt man aufs offene Meer, selten gleitet ein Segelboot vorbei. Fanni ist begeistert und hilft, das Essen zuzubereiten, Emma kommt mir seit Langem mal wieder normal vor. Wir überlegen, an welcher Stelle man am besten zum Schwimmen ins Wasser gehen kann, das Meer hat siebzehn Grad, anderswo gibt es schon erste Anzeichen von Blaualgen, aber hier noch nicht.

Ich denke, dass wir es vielleicht doch schaffen. Vielleicht erholt sich Emma allmählich, dann können wir nach Hause zurückkehren, und sie kann womöglich sogar irgendwann wieder arbeiten. In einem anderen Job, einem gewöhnlichen, einem, bei dem man davon ausgehen kann, dass sie abends lebend nach Hause kommt.

Zufrieden fange ich an zu grillen, Fanni hüpft endlich mal wieder ausgelassen und fröhlich über die Felsen, ohne sich Sorgen um ihre Mutter zu machen. Doch plötzlich wirkt Emma abwesend.

Ich bemühe mich, nicht darauf zu achten, aber wenig später macht sie sich auf den Weg zum Ufer. Dort liegt angeblich ein Boot. Ein Boot, das ihr wichtiger ist als ihre Familie, obwohl es nicht einmal existiert.

Es wäre leichter, wenn sie einen Geliebten hätte, mit dem sie heimlich Textnachrichten austauschen würde. Dann könnte ich ihr das Handy abnehmen und es ins Meer werfen, dann könnte ich dem anderen einen Besuch abstatten und ihm auf die Schnauze hauen. Mir meine Frau zurückerkämpfen.

Aber wie gegen etwas kämpfen, das man nicht sieht? Dessen Existenz einzig und allein in Abwesenheit besteht, in Unsichtbarkeit, und das doch ebenso stark ist wie ein heimlicher Liebhaber, oder noch stärker.

Emma kommt nicht vom Ufer zurück, sie hat uns vergessen. Fanni und ich essen schweigend, ich versuche, über etwas zu reden, aber Fanni ist nicht mehr in Plauderstimmung. Ständig blickt sie auf den Rücken ihrer Mutter, die am Ufer sitzt.

Mir fehlt die Energie, Emma zum Essen zu holen. Fanni füllt ihr einen Teller, aber als Fanni nicht hinsieht, kippe ich das Essen in die Komposttüte.

Wir haben schon fast den heimischen Steg erreicht, als Emma plötzlich zu sich kommt.

»Ich glaube, ich habe vergessen zu essen«, sagt sie und greift nach meinem Arm. »Entschuldige«.

»Bitte Fanni um Entschuldigung«, erwidere ich. »Wegen ihr haben wir den Ausflug schließlich gemacht.«

Emma sagt nichts. Sie kann nicht einmal mehr streiten. Ich würde sie am liebsten anschreien, einen richtigen Streit provozieren, so wie früher, einen, bei dem man sich laut anbrüllt und anschließend versöhnt. Das reinigt die Luft. Aber Emma streitet nicht mehr, es ist sinnlos, mit ihr zu diskutieren: Wenn sie Nein sagt, begründet sie es nicht weiter und verschließt sich danach. Wenn ich mich einmal aufrege und sie anschreie, kann es sein, dass sie danach tagelang stumm in ihrer eigenen Welt bleibt.

Ich hätte nie gedacht, dass ich einmal am allermeisten Emmas Temperament und unsere Streitereien vermissen würde. Wir gehen wortlos schlafen, so wie immer, die interessantesten Gespräche hat Emma wieder einmal mit ihrer Vergangenheit in ihrem Kopf geführt. Mir hat sie nichts mehr zu sagen.

EMMA

Plötzlich scheint sich der Wind zu legen, es wird ruhig und sonnig, ein wolkenloser Morgen folgt dem anderen, und keine Boote sind in Sicht. In diesem Stadium des Sommers sind die Segler weit draußen, bei Jurmo und Kökar oder den Åland-Inseln. Dort wäre auch Joel am liebsten, wehmütig späht er zum Horizont und geht ruhelos auf der Insel hin und her.

Schließlich bricht er mit Fanni für einen ganzen Tag zum Fischen auf dem offenen Meer auf. Ich selbst rechne mit Gewitter, ich weiß, dass das Wetter überraschend und ohne Vorwarnung umschlagen kann, wir hören uns nicht einmal den Seewetterbericht im Radio an. Ich warne die beiden, zu weit hinauszufahren, aber Joel macht sich nicht die Mühe, mir zu antworten. Zu dem übrigen Proviant im Boot lege ich noch eine zusätzliche Wasserflasche und eine Banane.

Die Kopfschmerzen hämmern wieder mit scharfen Spitzen in meinen Schläfen. Ich setze mich auf die Terrassenstufen und ziehe spontan einen Joint aus der Tasche. Ich habe keine Lust, mich damit im Wald zu verstecken, jetzt, da Fanni weg ist und vor allem Joel mit seiner mürrischen Miene.

Großvater erscheint nach seinem Mittagsschlaf auf der Terrasse, als ich noch rauche. Zuerst will ich den Joint intuitiv ausdrücken, aber dann rauche ich doch ruhig weiter. Die befreiende Gleichgültigkeit ist bereits bis in mein Gehirn vorgedrungen, und die Kopfschmerzen sind bald nicht mehr als ein mattes Rauschen. Ich will mir keine Gedanken machen. Großvater setzt sich neben mich auf die Stufen.

»Ich kiffe gegen die Kopfschmerzen. Das ist das Einzige, das hilft. Hoffentlich stört es dich nicht«, sage ich, nachdem wir eine Weile die Seevögel beobachtet haben, die sich auf einer Klippe scharen.

»Mich stört es nicht«, sagt Großvater ruhig. »Stört es Joel?«, fragt er dann.

»Er hat Angst, dass Fanni es sieht, und will auch nicht, dass sie es weiß. Für Joel ist das natürlich eine Flucht vor den Problemen. Aber er weiß nicht, was es heißt, ständig Schmerzen zu haben. Es ist ein Medikament, das muss auch er einsehen. Ich höre sofort damit auf, wenn es mir irgendwann einmal besser geht. Ich werde davon nicht sonderlich high, aber die Kopfschmerzen werden schwächer. Und aus irgendeinem seltsamen Grund verschwinden auch die Halluzinationen, obwohl es eigentlich umgekehrt sein sollte. Ich habe das Gefühl, dass ich einen klaren Kopf bekomme, wenn ich kiffe, und irgendwie wird auch mein Gedächtnis besser.«

Großvater schmunzelt.

»In den Siebzigerjahren habe ich ein paarmal LSD probiert. Die Erfahrung war so großartig, dass ich damit aufhören musste. Großmutter hat damals ziemlich viel gekifft, das war sehr in Mode. Aber dann kam Joel auf die Welt, und die Party war vorbei. Mit dem Ausprobieren hatte es sich. War bestimmt auch ganz gut so. Vielleicht sehe ich deshalb heutzutage diese Engel. Manchmal spüre ich sie nahe bei mir, aber vielleicht ist das nur ein Nachhall der LSD-Trips. Eine tolle Zeit war das schon, das muss ich zugeben, frei und revolutionär.«

Ich kann dazu nichts sagen. Mit dem eigenen Schwiegervater über Drogen zu reden, ist etwas, das ich mir in meinem früheren Leben und zu Hause nicht hätte vorstellen können.

Auf der Insel ist alles anders. Wir befinden uns außerhalb von Gesetz und Ordnung, in unserem eigenen Reich, wo die Normen gewöhnlicher Gespräche und Verhaltensweisen gedehnt werden.

In Ermangelung von Worten biete ich ihm einen Zug an.

»Aha«, sagt er. »Vielleicht sollte ich doch mal.«

Er nimmt ein paar genussvolle Züge. Von Stille erfüllt sitzen wir nebeneinander, weiche Watte hüllt mein Gehirn ein und dämpft das Hämmern so weit, dass es aus meinem Bewusstsein verschwindet. Ich schließe die Augen in der Sonne, hoffe, dass Joel und Fanni lange wegbleiben, lausche dem unablässigen Rauschen der Insel wie einem Atmen: ein und aus. Wir werden von hier verschwinden, aber die Insel wird bleiben. Dieser Gedanke hat etwas Tröstliches, das ist Großvaters Einfluss auf mich. Er ist voller Trost, er ist der Einzige von uns, der noch an das Leben glaubt.

EMMA

Joel überredet mich nach langer Zeit zu einer gemeinsamen Einkaufstour. Normalerweise macht er sich zufrieden summend mit der Einkaufsliste allein auf den Weg, das bedeutet Abwechslung, und er kommt für eine Weile von seiner Familie los, oft ist er den ganzen Tag unterwegs. In den Schären wird er lockerer und sozialer, er kennt alle Einwohner des Dorfes und unterhält sich mit ihnen über das Wetter und über Boote.

Aber jetzt besteht er darauf, dass Fanni und ich mitkommen, er sagt, auch Fanni müsse ab und zu unter Leute und ein Eis essen. Ich willige ein, um einen Streit zu vermeiden.

Das hätte ich nicht tun sollen. Auf dem Weg vom Anleger zum Laden verkrampft sich Fanni, die zwischen uns geht. Schon von Weitem sehe ich eine Familie, deren Mutter uns schiefe Blicke zuwirft. Ich umfasse Fannis Hand fester. Fanni merkt es und blickt zu Boden, sie versucht, so zu tun, als wäre sie unsichtbar.

Ich versuche zu bremsen, aber Joel zieht uns weiter. Der älteste Sohn der Familie schlurft hinter seinen Eltern her, wirft uns einen Blick zu, und ich grüße ihn fröhlich. Er lächelt und sagt *hei*, sein Lächeln ist übermütig. Seine Mutter dreht sich um und äußert vernehmlich: »Komm jetzt, Lauri, wir spielen nicht mit Negerkindern.«

Wut schäumt in mir auf. Ich halte Fanni weiterhin fest an der Hand und blicke auf Joel, dessen Mund zu einer straffen Linie zusammengekniffen ist.

Dann betrachte ich die Kinder: Sie haben Kartoffelnasen, matte, wimpernlose, tief liegende und kleine Augen, blassrosa Haut und dünnes Haar. Neben Fanni sehen sie mit ihrem anämischen Weiß eigenschaftslos aus, wie aus Hefeteig geformte, unfertige Figuren, bei denen der Künstler die Farben vergessen hat.

Ich schaue Fanni an: dickes, lockiges Haar, große dunkle Augen mit langen Wimpern, runder, schöner Mund und kupferfarbene Haut. Fanni ist ein schönes Kind, selbst ein Rassist kann diese Tatsache nicht leugnen.

Ich atme tief ein und aus, Fanni darf meine Wut nicht bemerken. Sie muss lernen, dass solche Menschen egal sind, sie muss sie ignorieren, über ihnen stehen, jedenfalls solange wir in diesem Land leben. Ich muss ihr mit gutem Beispiel vorangehen. Mit Hass erreicht man nichts, ich muss Großvaters Lehren von der Liebe und der Gelassenheit, die sich auf alles erstreckt, befolgen. Diese Leute sind es nicht wert, von mir gehasst zu werden.

Letzten Endes können diese Kinder ebenso wenig für ihr Wesen und ihren familiären Hintergrund wie Fanni. Es ist nicht ihre Schuld, dass ihre Eltern Idioten sind. Wir alle versuchen, unsere Kinder zu schützen und sie nach unserem eigenen Weltbild zu formen, und glauben dabei auch noch, richtig zu handeln. Aber wer kann das wissen? Wer weiß, welche Farbe die Welt einmal annehmen wird, wer die künftigen Klimakatastrophen überlebt, ob die Grenzen fallen oder zuwachsen, ob Fanni und die sogenannten Arier lernen müssen, einträchtig zusammenzuleben oder in separaten Bunkern und im Krieg gegeneinander?

Es scheint, als gehörte diese blasse Familie mit ihrer glotzenden Mutter einem untergehenden Volk an, um das wir uns eigentlich nicht zu scheren brauchen. Jedenfalls nicht jetzt und auch nicht auf der Insel.

Also streiche ich einem der Kinder übers Haar, seine Mutter zuckt zusammen, als ich es anfasse, vielleicht glaubt sie, ich wollte es schlagen, aber ich lächle das Kind an und sage: »Vielleicht wirst du einmal klüger sein als deine Mutter.«

Joel starrt die Mutter an und sagt vernehmbar zu mir: »Was hier wieder für ein Pack herumläuft.«

Der Familienvater hat sich bereits in den Laden geflüchtet. Als wir hineingehen, versteckt er sich zwischen den Regalen und sorgt dafür, dass er immer anderswo ist als wir. Als seine Frau nicht hinsieht, versucht er mich versöhnlich anzulächeln. Ich wende den Blick ab.

FANNI

Ich hab dich mehr lieb, als ins Universum reinpasst, sagt Fanni beim Angeln zu Großvater. Dann fügt sie hinzu: Aber am meisten lieb hab ich Mama.

Auch ich hab dich unheimlich lieb, antwortet Großvater. Und Mama und Papa muss man am meisten lieb haben, so gehört sich das.

Fanni ist einen Moment still.

Ellen hat im Kindergarten gesagt, dass Mama mich nicht lieb hat.

Wie kommt sie denn darauf, fragt Großvater leicht empört.

Sie hat gesagt, sie ist nicht meine richtige Mutter und kann mich deshalb nicht lieb haben. Ellen ist der Meinung, dass meine richtige Mutter in Afrika ist und mich mehr lieb haben würde, wenn ich zu ihr könnte.

Ellen weiß gar nichts, sagt Großvater, und seine Stimme zittert ein wenig. Wer ist diese Ellen eigentlich, ist sie deine Freundin?

Ja, ich glaub schon, antwortet Fanni.

Für mich klingt das nicht nach einer echten Freundin, sondern nach einem ziemlich dummen Mädchen. Die müsste die Rute zu spüren bekommen, sagt Großvater außer sich vor Wut.

Was ist die Rute, will Fanni wissen.

Na, das ist eine Strafe, allerdings eine ziemlich schlechte. Ich habe als Kind die Rute bekommen, wenn ich etwas angestellt hatte. Deinem Papa habe ich sie nur ein Mal gegeben, und auch das tut mir leid. Man darf natürlich keine Kinder schlagen, das ist mehr so eine Redensart. Ellen plappert wahrscheinlich nach, was ihr die Erwachsenen beigebracht haben, und versteht ihr Gerede selbst nicht. Sag es sofort der Kindergärtnerin, wenn Ellen wieder so einen Unfug redet, ja?

Ja.

Deine Mutter ist deine Mutter und hat dich von allen auf der Welt am meisten lieb, mehr, als jeder andere Mensch dich lieb haben könnte. Ist es nicht so?

Doch. Bist du mir böse?

Natürlich nicht, aber auf Ellen bin ich ein bisschen sauer. Was für ein Blödsinn die Leute erzählen. Davon gibt es auf der Welt mehr als genug.

Stimmt. Heute beißen die Fische irgendwie nicht.

Anscheinend nicht. Gehen wir schwimmen?

Ja! Lass uns Mama fragen, ob sie mitkommt.

JOEL

Es ist nicht leicht, Emma von der Insel wegzulocken. Dennoch bin ich sicher, dass die Isolation sie nur noch ängstlicher macht und ihre Angst dann mit der Zeit auch Fanni ansteckt, falls das nicht schon geschehen ist.

Wir können nicht ewig auf der Insel bleiben. Wenn man Menschen lange meidet, wird es immer schwerer, ihnen gegenüberzutreten. Auch Fanni muss lernen, die Reaktionen und Beleidigungen der Leute zu ertragen und richtig mit ihnen umzugehen. Einen anderen Weg gibt es nicht, wir können das Verhalten der anderen nicht beeinflussen, lediglich Fanni stark genug machen, sodass sie damit leben kann, anders zu sein.

Ich selbst glaube schon aufgrund meiner Arbeit, dass Rassismus durch Begegnungen verschwindet, dadurch, dass sich die Leute an Menschen mit unterschiedlichem Aussehen gewöhnen und infolge ihrer eigenen Erfahrung sehen, dass die Hautfarbe keine Rolle spielt. Das hat auch Emma vor der Adoption geglaubt, wir sprachen ausführlich darüber und fragten uns, wie wir mit Rassismus umgehen würden, ob wir ihn ertragen könnten. Wir beschlossen, ihn zu ertragen, aber Emma hat unsere Abmachung nicht eingehalten. Inzwischen will sie Fanni nur noch vor der Welt verstecken. Oder will sie sich selbst vor der Welt verstecken, ist es das?

Schließlich halte ich den Stillstand auf der Insel nicht mehr aus und zwinge Emma, mit zum Einkaufen zu kommen. Eigentlich fahre ich gern allein zum Laden, aber ich will, dass

Fanni mal von der Insel herunter und unter Leute kommt, damit sie sieht, dass es dort nichts zu befürchten gibt.

Fanni ist begeistert, dass sie uns begleiten darf und ein Eis bekommt, endlich vergisst sie einmal die Angst, die Emma um sie herum gesät hat.

Börje, der alte Ladeninhaber, begrüßt uns fröhlich. Er sieht aus wie sechzig, ist aber angeblich schon achtzig, bei den Schärenbewohnern ist das Alter schwer zu schätzen, sie werden schnell alt, hören dann aber mit dem Altern auf. Börje geht gebückt, ist jedoch flink und hat stets dieselbe abgewetzte Kapitänsmütze auf. Nur die Pfeife fehlt, oder aber sie ist sein geheimes Laster und wird erst hervorgeholt, wenn der Herbst kommt und die Sommergäste die Schären verlassen haben.

Er fragt mich oft nach Fanni und Emma, und ich behaupte jedes Mal, sie fühlten sich auf der Insel so wohl, dass sie zum Einkaufen nicht mitkommen wollten. Börje weiß, dass ich lüge, nickt aber höflich. Die Schärenbewohner gehören selbst zu einer Minderheit, wenn auch nur einer sprachlichen, sie würden Fanni nie schief anschauen. Es scheint, als würden sie ihre Hautfarbe nicht einmal bemerken. In den Schären kommen und gehen alle möglichen Leute, so ist es schon immer gewesen, hier ist das keine große Sache. Allen wird geholfen, alle sind auf die gleiche Art dem Meer ausgesetzt, und das Meer wählt nicht nach Hautfarbe aus, wer ertrinkt.

Der Ladeninhaber tätschelt Fanni auf dem Anlegesteg freundlich den Kopf und fragt sie, ob sie schon fischen war. Sie unterhalten sich über die Fische, die Fanni gefangen hat, und darüber, wie man den Räucherkasten verwendet. Ich betanke das Boot und plaudere dabei mit Börje über das Knacksen des Motors und über eine Inspektion. Das Leben kommt mir endlich mal wieder normal und leicht vor. Fanni ist fröhlich und gesprächig, aber als wir in das Geschäft gehen, macht eine bescheuerte Frau eine Bemerkung über Negerkinder. Sie trägt zu enge Shorts und Schuhe mit hohen Absätzen. In den Schären!

Ich zügle meinen spontanen Impuls, der Frau auf die Schnauze zu hauen, und warte, dass Emma etwas Spitzes sagt, so wie es ihre Art ist. Aber Emma schweigt.

Das macht mich noch rasender. Wie kann sie darüber hinwegsehen, warum verteidigt sie Fanni nicht mehr und stopft den Rassisten nicht das Maul?

Ich schaue Emma zornig an und sage betont laut: »Hier in den Schären hat sich inzwischen jede Menge neureiches Pack eingenistet. Die sollten wieder verschwinden.«

Im Laden gehe ich zu dicht an der Frau vorbei und stoße sie an der Schulter an, während Emma und Fanni Gemüse holen. Als sich die Frau wütend umdreht, meine ich bloß: »Oh, sorry. Leuten, die hier nicht hergehören, stößt leicht mal etwas zu.«

Die Frau verlässt mit ihrer Familie so schnell wie möglich das Geschäft.

EMMA

Am Abend umrunde ich mit Fanni die Insel. Das ist eine gemeinsame Angewohnheit von uns geworden. Sie hüpft von Stein zu Stein, bleibt ab und zu stehen, um Fische und Schnecken in den Kuhlen zu betrachten, und dabei redet sie pausenlos über das, was sie sieht. Ich horche genau hin, ob sich der Besuch im Laden irgendwie auf sie ausgewirkt hat, ob sie über das, was passiert ist, sprechen will. Aber Fanni konzentriert sich darauf, ihre Umgebung zu beobachten, und scheint sich an den Vorfall gar nicht mehr zu erinnern. Ich will ihn ihr nicht unnötig ins Gedächtnis rufen. Jetzt sind wir in Sicherheit.

Ich freue mich an ihrem Geplapper, nicht immer habe ich den Nerv, mir alles anzuhören, aber wenn sie spricht, hält sie das Rauschen fern und hilft mir, die Kopfschmerzen zu vergessen.

Ich habe Angst vor dem Zeitpunkt, wenn das Geplapper aufhört. Wenn sich Fanni von uns zurückzieht, über ihre wichtigsten Gedanken nur noch mit ihren Freundinnen redet, ihre Zimmertür mit Schlüssel und Drohungen zusperrt. Wie schrecklich kurze Zeit sie so klein ist wie jetzt!

Hier aber gibt es nur uns. Diese Welt hat Grenzen. Hier das Land, dort das Meer. Niemand kommt ohne Erlaubnis und unbemerkt an diesen Ort. In der Ferne tuckert ein Motorboot, ich starre es eine Weile an. Es fährt vorbei, verschwindet zwischen den Inseln. Dann ist es wieder still.

Unsere Runden nennen wir Müllspaziergänge. Wir sammeln den Müll, der angeschwemmt worden ist, untersuchen Plastikstücke und überlegen, woher sie wohl kommen, wem sie gehört haben und warum sie ins Meer geraten sind. Oft gibt es überhaupt keinen Müll, aber bei starkem Wind kann man vor allem am Südufer alles Mögliche finden. Einmal ist ein kleiner Apparat aus Metall angetrieben worden, den Fanni zum Spielen mitgenommen hat. Gemeinsam mit Joel hat sie ein Spielfunkgerät daraus gebaut, mit dem sie Seenot spielt und den Schiffen Kommandos gibt. Sie hat noch immer weniger Ansprüche als die Kinder meiner Bekannten und ist deshalb ein Kind, das gut zu uns passt. Joel bastelt mit ihr neue Spielsachen aus aufgelesenen Plastikteilen und Schrott, und die seltsamen Konstruktionen sind für Fanni kostbarere Schätze als Mitbringsel von Reisen.

Fanni und ich kennen jeden Felsspalt am Ufer. Noch ist das Wasser klar, man sieht mehrere Meter tief bis auf den Grund. Fanni fragt besorgt, wann die Blaualgen kommen, ob es genau dann passiert, wenn das Wasser endlich schön warm ist.

EMMA

Die sonnige und windfreie Periode geht langsam in Hitze über. Das Meer ist spiegelglatt, dicht am Ufer treibt eine Vogelfeder. Hier auf der Insel ist es selten so windstill, und wenn es so ist, muss man es genießen, habe ich gelernt.

Normalerweise sonne ich mich nie, schon gar nicht, nachdem Joels Mutter an Hautkrebs gestorben ist. Aber jetzt beschließe ich, eine Ausnahme zu machen, das Hitzewetter zwingt einen geradezu, sich auszuziehen und im Bikini auf den Steg zu legen, so wie ich es immer tat, als ich noch jünger war. Ich pfeife auf den Krebs, denke ich beinahe heiter, als ich meine schneeweißen Beine und Arme mit einer Sonnencreme mit Lichtschutzfaktor 50 einreibe.

Ich bitte Fanni, mir den Rücken einzucremen. Sie verteilt die Creme energisch und sorgfältig, danach stellt sie sich erwartungsvoll vor mich hin. Zuerst verstehe ich nicht, warum.

Sie sieht mich über die Schulter hinweg an: »Jetzt bist du dran, creme mir den Rücken ein«, sagt sie.

Es schneidet mir ins Herz, und ich creme sie rasch ein. Dabei frage ich mich, wie lange es noch dauert, bis Fanni versteht, dass sie keine Sonnencreme braucht, im Gegensatz zu ihrer schneeweißen, blonden Mutter, dass sie sich nicht wegen Hautkrebsgenen in der Familie Sorgen machen muss, dass sie in dieser Hinsicht im Vorteil ist und wahrscheinlich besser auf der Welt zurechtkommt als ihre rot pigmentierten Verwandten. Dennoch beschließe ich, sie so lange sorgfältig einzureiben, wie sie es will.

Auf der Insel gibt es keinen anständigen Spiegel, denn Joels Mutter ist so gut wie nie hier gewesen. Sie verbrachte ihre Sommer mit Auftritten in Tanzlokalen oder im Ausland, Joel war immer allein mit seinem Vater auf der Insel. Das sieht man der Einrichtung des Häuschens immer noch an, wir haben nur wenige Änderungen vorgenommen. Ein- oder zweimal im Sommer kam die Mutter angeblich zu Besuch, saß in ihren wallenden bunten Kaftanen seufzend auf der Terrasse und kippte Drinks gegen die Langeweile. Dann erklärte sie, die Abgeschiedenheit und Primitivität der Insel deprimiere sie, und machte sich wieder davon, zurück in die Stadt. So hat Joel es mir erzählt. Angeblich hatte sie Angst vor dem Meer und vertrug das kalte, feuchte Wetter nicht. Joel ist überzeugt, seine Mutter habe jeden Sommer eine Urlaubsromanze gehabt, die sie von der Insel ferngehalten habe.

In vielen Sommern habe ich darüber nachgedacht, einen Spiegel zu kaufen, es am Ende aber bleiben lassen. Ich weiß, dass ich auch dieses Jahr zu viel Sonne abbekommen werde, obwohl ich ständig im Schatten sitze, und mein sommersprossiges Gesicht deshalb voller Leberflecken sein wird, wie eine Karte mit all den Ländern, die ich bereist habe. Manchmal macht sich Fanni einen Spaß daraus, mit dem Finger die Ränder meiner Flecken nachzuziehen und zu untersuchen, welcher welches Land bildet. Kenia findet sich in meinem Gesicht immer. Es ist besser, wenn ich mir die vom Sommer verursachte Veränderung nicht anschaue, außerdem erkenne ich mich sowieso nicht mehr, wegen der durch die Narbe erforderlichen neuen Frisur. Es ist besser, wenn ich mich von meinem Gesicht fernhalte.

Joel kommt in Badehose auf den Steg, ausnahmsweise guter Dinge.

»Na, was treibt ihr hier so?«, fragt er.

»Wir cremen uns mit Sonnenmilch ein«, sage ich schnell und werfe Joel einen vorsichtigen Blick zu. Er sieht aus, als wollte er etwas sagen, hält aber den Mund.

»Sonnencreme ist sehr wichtig«, erklärt Fanni. »Hast du auch schon welche?«

»Noch nicht, würdest du mich eincremen?«, fragt Joel, und Fanni lässt ihm Creme auf den Rücken tropfen, der voller obskurer Muttermale und Knubbel ist, die er nie untersuchen lassen will.

Ich schaue ihn unter meinem Sonnenhut an, denke, was für einen schönen Tag wir haben, wie sehr ich diese beiden liebe, aber ich gewinne meine gute Laune nicht mehr ganz zurück, es kommt mir vor, als schwebte am wolkenlosen Himmel eine einzelne schwarze Wolke, klein zwar, aber eine, aus der ein heftiger Regen kommen kann.

EMMA

Ich erinnere mich an den Flughafen, an dem ich nicht sein sollte, aber ich weiß nicht mehr, warum ich dort war.

Joel fällt es schwer, meine Situation zu verstehen, und ich kann sie ihm mit Worten nicht gut genug erklären. Mir tut ständig der Kopf weh. Die Tage vergehen, aber der Schmerz bleibt. Die normalen Medikamente halten mich und mein Leben einigermaßen zusammen, aber an einem schlechten Tag bin ich gezwungen, ein stärkeres Migränemittel zu nehmen. Danach trübt sich mein Denken ein, die Hände werden taub und die Worte breiig. Dann kann ich keine Leute treffen, in der Sonne sitzen oder eine gesellige Mutter sein. Dann kann ich nur im Halbschlaf im abgedunkelten Haus liegen, einen Strom zusammenhangloser Bilder vor meinen Augen vorbeiziehen lassen und auf einen besseren Tag warten.

An den besseren Tagen rudere ich oft mit dem Boot hinaus, unter dem Vorwand, Sport zu machen. Ich verschwinde hinter der Landspitze und kiffe dort, während ich das Boot treiben lasse. Dann kann ich die Nachmittagsmedikamente weglassen und mit der betäubenden Wirkung des Grases bis zum Abend durchhalten. Ich kehre fröhlich zurück, zerstreut, aber fröhlicher, ich schaffe es, Fisch und Gemüse zu grillen, manchmal backe ich sogar einen Blaubeerkuchen in dem alten Holzofen, wie früher. An solchen Tagen sitzt Fanni lange auf meinem Schoß, sie spürt, dass es mir besser geht und ich mehr ich selbst bin. Kinder kann man nicht täuschen.

Wenn ich vom Rudern zurückkomme, sehe ich Großvater oft auf seinem Felsen sitzen, manchmal macht er Yoga-Übungen. Für sein Alter ist er unglaublich gelenkig, gelenkiger als Joel oder ich. Er winkt mir zu, wenn ich vorbeirudere, und ich winke zurück, das Boot gleitet ruhig vorwärts, durch die Kraft, die mir das Gras gibt, kann ich anständige Ruderzüge machen, Rücken und Nacken werden beweglicher, ich spüre geradezu, wie sich die vom Kopfweh verursachte Nackenverspannung löst und das Blut im Kopf anfängt zu zirkulieren. Eine Rudertour mit Kiffen hilft immer gegen die Kopfschmerzen, ich tue es so oft, wie es meine Verfassung und Joels wachsames Auge erlauben. Er fragt mich jedes Mal, wohin ich rudere und wie lange ich weg bin, ob ich es auch wirklich schaffe, und wenn ich mich auch nur eine Minute verspäte, steht er schon auf dem Steg und hält nach mir Ausschau. Einmal verlor ich das Zeitgefühl und ruderte weiter als geplant, da kamen mir Joel und Fanni auf dem Rückweg mit dem Motorboot entgegen.

»Wir wollten nur nachsehen, ob dir auch nichts passiert ist«, sagte Joel, und daraus schließe ich, dass ich ihm doch nicht gleichgültig bin. Oder sorgt er sich nur um Fanni, darum, dass ich wegen Fanni am Leben bleibe?

Das ganze letzte Jahr besteht bloß aus zusammenhanglosen Bildern in meinem Kopf. Ich weiß, dass ich operiert wurde, aber danach ist alles wirr, Schmerzen und wechselnde Kliniken, dunkle Zimmer und Gesichter von Ärzten über mir, die etwas sagen, das ich nicht verstehe.

Diese Bilder verbinden sich mit jenen aus meinen Albträumen, weshalb ich immer Schlaftabletten nehme. Ich weiß nicht, ob die Albträume wahr oder von den Schlafmitteln ausgelöste Halluzinationen sind. Ich traue mich nicht, zu fragen. Ohne Schlaftabletten strömen die Bilder sofort in meine Träume ein, es sind schlimme Bilder, und die Tabletten verstecken sie irgendwo im Hintergrund, sodass ich wenigstens ein paar Stunden schlafen kann, ohne aufzuschrecken. Wenn ich von einem Albtraum aufwache, greife ich nach Fannis Haaren, das ist mein vertrauter und verlässlicher Lebensfaden, mit Fannis Haaren zwischen meinen Fingern weiß ich, dass ich hier bin, bei meiner Familie, und nicht dort, wo die Träume herkommen.

Mein Psychiater hat gesagt, am wichtigsten sei es, die Schmerzen unter Kontrolle zu halten. Die Erinnerungen kehrten angeblich allmählich zurück, falls sie zurückkehrten, mein Gedächtnis begrenze mein Bewusstsein, dosiere die Dinge je nachdem, wie ich sie aufnehmen könne. Man müsse sich nicht an alles erinnern, nicht alles sei dazu bestimmt, erinnert zu werden, behauptet mein Psychiater, und ich habe das Gefühl, dass er mehr weiß als ich.

Darum ist Ruhe so wichtig, darum sind wir hier, damit ich weit weg von allen Sinnesreizen bin. Ich spüre, dass mir das guttut. Meiner Familie tut es nicht gut, aber das kann ich jetzt nicht ändern.

Am besten erinnere ich mich an Dinge aus meinem früheren Leben, aus irgendeinem Grund sogar deutlicher und schärfer als zuvor, und dann denke ich daran: an das Plätschern des Ruderbootes, an den Schatten eines Seeadlers irgendwo weit oben über dem Boot, an den Schrei einer Seeschwalbe, an die warme Sonne auf meinem kranken Gehirn, an Fannis Haare auf meinem Kissen. So ist es gut.

EMMA

Am Abend wache ich nach einem viel zu langen Mittagsschlaf mit seltsamer Beklemmung auf. Ich spüre deutlich, dass am Ufer jemand auf mich wartet. Die Narbe an meinem Kopf spannt, ich hätte Lust, etwas zu rauchen, aber ich kann nicht, Joel beobachtet mich aufmerksam.

»Was ist?«, fragt er, nachdem ich auf der Terrasse dreimal den Platz gewechselt habe.

»Ich weiß nicht, mir geht es irgendwie schlecht. Es ist so heiß hier. Ich gehe ein bisschen spazieren.«

»Okay«, sagt Joel scheinbar beiläufig und liest weiter in seinem Buch, aber ich weiß, dass er mich über die Seiten hinweg beobachtet.

Fanni schaut aufs iPad, ich verspreche, bald zurück zu sein und das Abendbrot zu machen. Ich weiß nicht, wie sie diesen Tag verbracht haben, während ich meine Albträume weggeschlafen habe. Die Tage ziehen schnell an mir vorbei, und ich wage es nicht immer, Joel zu fragen, was für einen Wochentag oder Monat wir haben, wie lange wir schon hier sind, ich weiß nicht einmal, wann wir hergekommen sind und wie.

Am Ufer ist zunächst niemand zu sehen. Als ich näher herantrete, erkenne ich eine Gestalt auf einem großen Stein. Ein kleines Mädchen sitzt dort, mit dem Rücken zu mir. Ich will nicht hingehen, bewege mich aber trotzdem auf es zu. Das Mädchen blickt aufs Meer, es ist klein, doch auf dem Rücken kräuselt sich schönes schwarzes Haar. Es sitzt regungslos mit den Händen im Schoß da, die kleinen Finger spielen unablässig miteinander. Dann schaut es mich an, die Augen sind leer und schwarz, es wohnt niemand darin. Und mit diesen leeren Augen schaut mich die Kleine an und fragt sanft, hoffnungsvoll: Mama?

Ich setze mich neben das Mädchen auf den Stein, grabe meine Zehen in den Sand, ich weiß, wer sie ist. Wir haben sie vor langer Zeit aus dem Meer gezogen, sie hatte ein blaues Seidenband in den Haaren, ich steckte es in die Tasche, ich dachte, das gebe ich ihrer Mutter, oder ihrem Vater, oder jemandem, der sie irgendwo vermisst.

Niemand ist je gekommen, ich habe den Namen des Mädchens nie erfahren, ich setzte mich neben dem auf der Seite liegenden Mädchen in den Sand und streichelte den kalten, weichen Kindernacken, der bereits eine traurig graue Färbung angenommen hatte. Niemand hat es je gefunden, es wurde weggebracht, irgendwo ohne Namen und Familie beerdigt, und jetzt ist es hier, sitzt da und blickt aufs Meer.

Ich möchte die kleinen runden Zehen berühren, die im Sand verschwinden, die schwarzen Haare streicheln, die ich vor langer Zeit streichelte, als sie kalte, nasse Algenbündel waren, aber ich weiß, dass niemand auf dem Stein sitzt, da ist nur die Luftspiegelung von etwas, das zu einem Menschen hätte werden können, zu einem glücklichen oder unglücklichen, aber doch zu einem Menschen, hier oder anderswo.

Ich sitze da und weine, kommt nicht her, murmle ich vor mich hin, das kleine Mädchen spielt mit seinen Fingern, als suchte es etwas, wonach es greifen, was es berühren und fühlen kann, und von allen Orten auf der Welt ist es hierhergekommen, nach Hause. Ich bin zu seinem Zuhause geworden, aus irgendeinem Grund ist es so geschehen, und solange ich weine, sitzt das Mädchen da, ganz still, dann löst es sich auf.

Ich gehe zurück zum Haus, suche nach dem blauen Band in meiner Tasche, ich habe es immer dabei, ich streichele es, und Fanni kommt auf meinen Schoß und fragt, was ich tue, warum ich traurig bin.

Ich sage, das Seidenband gehöre einem Mädchen, das ich gesehen hätte, deshalb sei ich traurig. Fanni nickt, dann kommt Joel, nimmt Fanni auf den Arm und sagt, lass uns fischen gehen, vielleicht fangen wir noch einen Abend-Barsch.

Also gehen sie fischen, niemand fragt mich, ob ich mitkommen will. Ich bleibe mit dem Seidenband im Schoß sitzen, mit der Erinnerung an die Haut des Mädchens an meinen Fingern.

FANNI

Wann stirbst du, fragt Fanni Großvater auf dem Steg.

Das weiß ich nicht. Hoffentlich noch nicht so bald.

Aber weißt du, wann du stirbst?

Nein. Es ist nicht gut, wenn ein Mensch das weiß.

Wirst du viel weinen, wenn du stirbst?

Na, das kommt darauf an. Wenn ich nicht weiß, dass ich sterbe, dann weine ich nicht. Ansonsten vielleicht schon ein bisschen.

Ich werde ganz fürchterlich weinen, wenn du stirbst, sagt Fanni und öffnet eine Muschel. Schau mal, hier wohnt jemand. Soll ich sie wieder ins Meer werfen?

Nur zu, dann kann sie weiterleben. Auch der Mensch möchte ewig leben, das liegt in seiner Natur.

Was für eine Natur?

So etwas wie der Charakter. Dass man ewig leben will, weil das Leben so schön ist. Wenn man nicht sehr müde ist oder krank.

Bist du schon hundert Jahre alt?

Nein. Bis dahin habe ich noch ein Stück.

Willst du hundert Jahre leben?

Ich weiß es nicht, sagt Großvater und überlegt kurz. Was hat man für eine Freude daran, wenn die Freunde nicht auch so alt werden?

Aber ich bin dann ja noch da.

Stimmt, das ist wahr. Zum Glück gibt es dich.

So ist es, sagt Fanni. Es ist ein Glück, da zu sein.

EMMA

Meine Aufgabe war es, zu dokumentieren. Ich sollte so fotografieren und schreiben, dass sich die Geldbörsen der Wohlhabenden in den westlichen Ländern öffneten, dass sie etwas fühlten, wenigstens ein kleines Aufwallen von Empathie erlebten: Das könnte ich sein. Das könnte mein Kind sein.

Von Jahr zu Jahr wurde es schwieriger. Die Hungernden kannten meine Rolle nicht, diejenigen, die auf eine Landmine getreten waren, verstanden nicht, dass ich Distanz halten sollte. Sie griffen nach meiner Hand, flehten um Hilfe, um Brot, um eine Münze, um Pflaster, um Milch für ihr Kind, um eine Decke für die Großmutter, um alles Mögliche. Ich sollte der Welt ihre Geschichten erzählen und beteuern, dass das hilft – vielleicht nicht sofort, aber nächstes Jahr, falls ihr dann noch lebt, nächstes Jahr schafft es die Hilfe bis hierher, falls die Welt euch rechtzeitig sieht.

Das ist unmöglich. Fotografieren und weggehen, vergessen und sich dem Nächsten zuwenden. Die Hilfe kommt immer zu spät, die fotografierte Person ist dann vielleicht schon tot, im nächsten Lager gelandet oder an etwas erkrankt, das man heilen könnte. Die Impfstoffe treffen nicht rechtzeitig ein, die Nahrungsmittel verderben beim Zoll, eine neue Sturzwelle überflutet die Hütten am Ufer.

So etwas dringt in die Träume und in den Alltag ein. Das ist unausweichlich. Man muss lernen, damit zu leben, und für kurze Zeit konnte ich das auch. Nach Fanni ging etwas in mir kaputt, die Risse und Wunden, die auf den Reisen in meinem

Kopf entstanden, ließen sich nicht mehr flicken. Sie gingen immer tiefer, ich konnte nicht mehr vergessen und die Arbeit aus dem Kopf bekommen.

Früher hatte ich mir alles von der Seele geschrieben, hatte den Computer zugeklappt und war in mein eigenes Leben zurückgekehrt. Bis es nicht mehr ging. Das Schreiben kam mir nutzlos vor neben all dem, was ich längst hätte tun sollen.

JOEL

Nach Fanni verstand ich, dass Emma nie erwachsen geworden ist. Sie hatte als Kind und Jugendliche gelernt, für sich selbst zu sorgen, und ist auf diesem Niveau stehen geblieben. Eine verantwortungsvolle Mutter war in ihr schwer zu finden.

Familie war für sie eine Art Spiel. Wenn ich abends weg war und sie mit Fanni allein blieb, fand ich sie später meistens irgendwo in der Wohnung Arm in Arm schlafend, vollständig angezogen. Die Zähne nicht geputzt, kein Nachthemd an. Schlafenszeit war dann, wenn Fanni sagte, sie sei müde. Am nächsten Morgen musste ich mich dann um eine unordentliche Wohnung und ein müdes, quengeliges Kind kümmern, das zwar einen lustigen Abend gehabt hatte, jetzt aber einen umso schwereren Morgen hatte.

Es war schwer, einem erwachsenen Menschen regelmäßige Abläufe beizubringen, dem das Verständnis für deren Bedeutung komplett fehlte. Genauer betrachtet hatte Emma ihr ganzes Leben auf das Fehlen solcher Abläufe aufgebaut – auch ihre Arbeit wechselte wöchentlich, jeden Monat hatte sie es mit neuen Ländern, Dörfern, Menschen und Herausforderungen zu tun. Auch in den Bürowochen lebte sie, wie sie wollte, kam und ging zur Arbeit nach ihrem eigenen Zeitplan, oder ließ es ganz bleiben. Man hatte sich daran gewöhnt, weil Emma so gut war in dem, was sie machte. Sie bekam regelmäßig Auszeichnungen, machte sich aber eigentlich nichts daraus. Angeblich ging sie ihrer Arbeit nicht wegen der Preise oder wegen des Geldes nach, und das war leicht zu glauben. Sie machte ihre Arbeit, weil sie ein ruheloser Mensch war.

Wir mussten lange über den Kauf einer Wohnung und den dafür nötigen Kredit streiten. Emma wollte sich nicht an Kredite und Orte binden, sie fand es schöner, zur Miete zu wohnen und umzuziehen, wenn ihr danach war. Widerstrebend willigte sie ein, eine Wohnung zu kaufen, bevor wir Fanni bekamen, nachdem es mir gelungen war, sie mit der Hilfe einer Mitarbeiterin der Adoptionsstelle davon zu überzeugen, dass ein Kind möglichst stabile Verhältnisse braucht. Dazu gehörte eine feste Bleibe und über Jahre hinweg eine vertraute Kinderbetreuung.

Für Emma war das ein großer Kompromiss, den sie nie wirklich akzeptiert hat. Sie ist ein Mensch, der nie irgendwo zu Hause ist.

Die Belastung durch die Arbeit sah man in ihren Augen, wenn sie von ihren Reisen zurückkehrte. Sie umarmte mich und sagte *hei*, nahm Fanni auf den Arm, hörte sich zerstreut ihre Berichte über Freundinnen und neue Spiele an, gab dann falsche Antworten und starrte an die Wand, ohne etwas zu sehen. Sie wollte nicht darüber reden, wo sie gewesen war oder was sie gesehen hatte, manchmal wochenlang. Nachts konnte sie nicht schlafen und schaute Netflix. Wenn sie einschlief, zuckten ihre Gliedmaßen, und sie wimmerte im Schlaf.

Auch ohne dass sie es erwähnte, wusste ich, dass Kinder in ihren Armen starben. Was soll man dazu sagen? Herzlich willkommen daheim, die Fischsuppe ist fertig?

Nach Fanni änderte sich die Situation. Zuvor glaubte Emma noch an ihre Arbeit. Sie dachte, sie habe Bedeutung und jemand müsse wenigstens etwas versuchen. Aber als sie mit Fanni in Elternzeit war, brach die Routine ab. Sie sagte, sie sei weicher geworden und verstehe jetzt, wie es für eine Mutter sei, die machtlos den Tod oder die Vergewaltigung ihres Kindes mit ansehe. Aber es sei nicht ihre Aufgabe, zu verstehen. Sie müsse Abstand halten, hinsehen, dokumentieren und weitererzählen. Das sei ihre Aufgabe.

Wegen Fanni reduzierte sie das Reisen. Ich versuchte ihr vorzuschlagen, zu kündigen und in Finnland zu arbeiten, schließlich gab es auch hier viel Elend, immer mehr sogar. Auch hier fehlte es an Helfern. Das sah ich täglich bei meiner Arbeit in der Schule.

Aber Emma war stur wie immer und wollte nicht aufgeben. Das geht vorbei, sagte sie, ich werde mich wieder daran gewöhnen, am schwersten ist es, Fanni zurückzulassen, auch wenn sie mit dir gut klarkommt, besser als mit mir, auch das ist wahr, widersprich nicht. Du bist schließlich ein Profi, du kannst Fanni besser erziehen als ich.

Mit Fanni sprach sie vorsichtig und mit geschöntem Optimismus über ihre Arbeit. Die Mama muss die Welt retten, sagte sie immer, wenn sie ging, und fügte hinzu: oder es wenigstens versuchen.

Das ist ein Unterschied. Retten oder es versuchen. Sie glaubte nicht mehr daran.

EMMA

Das kleine Mädchen hielt das Schwarz-Weiß-Foto umklammert. Es schaute uns vom Arm der Betreuerin aus ernst an.

Da war sie. Unsere Tochter. Sie hatte im Voraus Bilder von uns beiden bekommen und das Schwarz-Weiß-Foto des Vaters als erstes ergriffen. Das Bild der Mutter war glatt und unberührt, abends hatte sie zum Befühlen nur das Foto des Vaters genommen. Die Schwarz-Weiß-Aufnahme machte den Vater vertrauter und leichter zugänglich als die Mutter, die auf dem Farbbild breit lächelte.

Ich hatte das Foto sorgfältig ausgewählt und eine so einfache Sache nicht verstanden. Allerdings war es nicht das Einzige, das ich nicht verstanden hatte.

Als Erstes traute sich Fanni in Joels Nähe. Daddy, sagte sie bei unserem zweiten Besuch. Mir war die ganze Zeit zum Heulen zumute, aber ich hielt mich lächelnd im Hintergrund. Es war eine Entscheidung, doch das verstand ich damals nicht. Ich dachte, das Kind wäre bereit, mich als Mutter anzunehmen, sobald es das selbst wollte, man konnte es nicht drängen. Jetzt verstehe ich, dass es eine Entscheidung ist, die man bei jedem Kind trifft, im Kreißsaal oder im Kinderheim: Wer nimmt es auf den Arm, wer bleibt lächelnd im Hintergrund und wartet, dass man ihm das Kind gibt?

Wir mussten darauf vertrauen, dass Fanni mich schließlich akzeptieren würde, obwohl ich ein weißer Zombie war. Die Kinder hatten so gut wie nie weiße Menschen gesehen und hielten uns wegen unserer Blässe für Gespenster.

Wir holten Fanni in Nairobi ab. Wir wohnten in einem riesigen Komplex aus vier Etagenhäusern, in dem sich gleichzeitig mehr als zehn weitere Adoptionsfamilien aufhielten. Joel tat sich anfangs schwer, er war es nicht gewohnt, hinter einem hohen Betonzaun zu leben. Am Tor stand rund um die Uhr ein Wächter, denn Nairobi ist kein sicheres Reiseziel.

Für mich war all das nichts Neues, die Wächter und das ständige Schwitzen waren mir vertraut. Auf dem Grundstück gab es einen Gemeinschaftspool und einen kleinen grünen Garten. Viel mehr gab es auch nicht, aber die Häuser waren sauber, und wir fühlten uns mit den anderen Adoptionsfamilien relativ wohl.

Fannis Kinderheim stand nicht in den Slums. Auch solche heruntergekommenen, schmutzigen Weltuntergangsorte hatte ich gelegentlich zu Gesicht bekommen. Das Kinderheim war sauber, aber klinisch und alles andere als heimelig, überall gefliest, was das Putzen erleichterte. Es gab etwa vierzig Kinder, vom Baby bis zum Spielkind, und einige ehrenamtliche Mitarbeiter aus westlichen Ländern. Ich hatte den Eindruck, dass man sich gut um Fanni gekümmert hatte. Wegen der Hygiene hatten die Kinder nahezu kahl geschorene Köpfe, aber sie waren dennoch unglaublich süß und rührend.

Die Angestellten des Kinderheims waren ruhig und freundlich, sie halfen uns, mit Fanni zu sprechen. Ich wusste nicht, was ich sagen sollte, Joel plauderte dies und das, er wurde sofort Vater. Ich weiß nicht, was für einen Hormonsturm Frauen erleben, die entbunden haben, aber mein Gefühlssturm war der bis dahin größte meines Lebens. Fanni war das Schönste, was ich je gesehen hatte.

Sie verstand ein bisschen Englisch und sprach es sogar ein wenig. Zwischendurch musterte sie mich neugierig von unten herauf, und ich gab acht, immer ein freundliches Gesicht zu machen.

Ich hatte das Gefühl, vor lauter Liebe zu platzen, durfte es aber nicht zeigen. Fanni war ein Jahr und vier Monate alt. Sie hatte eine Familie gehabt, die tot aufgefunden worden war, Fanni hatte lebend zwischen den Leichen gelegen. Die Leiterin des Kinderheims erzählte es sachlich, für sie war das Alltag, es gehörte zum Leben in Kenia dazu, Eltern starben, Kinder überlebten. Fanni würde sich an all das nicht erinnern, aber man konnte unmöglich glauben, dass der Verlust, den wir mit all dem Frieden, der Sicherheit und der Liebe, die wir bieten konnten, auszugleichen versuchten, keine Spuren in ihr hinterlassen haben sollte.

Jetzt hatte Fanni fremde Gesichter von Fotos, fremde Menschen, die sie für den Rest ihres Lebens lieben, die nicht verschwinden, die am Leben bleiben wollten.

Daddy, sagte sie wieder und drückte Joel einen kleinen Teddy in den Arm, sie blieb dabei neben ihm, die kleine Hand lag auf Joels Bein, als wollte sie fühlen, ob das Bein verlässlich war, ob man darauf sogar sitzen, auf den Schoß klettern konnte.

Eine Woche später durften wir Fanni mit nach Hause nehmen, ins kenianische Zuhause. Den Adoptionsregeln folgend, wohnten wir dort länger als ein halbes Jahr, und nebenbei führten wir einen Prozess zur Bestätigung der Adoption.

Fanni liebte es, im Garten unseres Hauses zu schwimmen. In Kenia gab es keine Parks, also verbrachten wir die Tage hauptsächlich zu Hause oder am Pool, bis wir im Zuge von Fannis Anpassung dazu übergingen, kleine Ausflüge in die nähere Umgebung zu machen. Die uns zugeteilte Betreuerin besuchte uns, um zu kontrollieren, ob Fanni zunahm und ob wir uns gut um sie kümmerten. Man schrieb Berichte über uns, und zur Abwechslung war ich jetzt diejenige, die beobachtet und dokumentiert wurde.

Die Gewichtszunahme war keine Selbstverständlichkeit, auch das hatten wir nicht verstanden. Ich war darauf vorbereitet, dass Fanni untergewichtig sein würde, aber nicht darauf, dass sie große Mengen an Nahrung in ihrer Backe hortete. Im Kinderheim bekam ein Kind, das den Mund aufmachte, ein Stück Mango als Zwischenmahlzeit. Indem sie etwas in den Backen aufbewahrten, bekamen die Kinder mehr zu essen. Fanni behielt diese Gewohnheit bei, als sie zum ersten Mal in Finnland in den Kindergarten ging, und manchmal auch später noch, wenn es beim Essen aus dem einen oder anderen Grund unruhig oder laut zuging.

Die Kinder hatten nicht hungern müssen, sie hatten viel Obst und Brei bekommen, aber kein Fleisch, weil es teuer war. Wir mussten sie sogar an Hackfleisch gewöhnen, zuerst wollte sie es nicht einmal probieren, lernte dann aber, es in kleinen Portionen zu essen. Joel schluckte widerwillig seine Prinzipien als Vegetarier: Hier ging es nicht ums Klima, sondern um die Gesundheit des Kindes. Fanni brauchte Fleisch, trotz Joels Murren.

Ich erledigte einige berufliche Aufträge in Kenia, blieb aber nie ganze Tage fort, denn es war wichtig, dass Fanni uns ständig um sich hatte. Mit Joel kam sie hervorragend aus, und ich durfte sie mittlerweile in den Arm nehmen. Joel war trotzdem wichtiger. Ich dachte, dass es so gut war, in Finnland würde ich lange zu Hause bleiben, und Fanni und ich hätten Zeit, eine gute Beziehung aufzubauen, wenn Joel wieder anfangen würde zu arbeiten.

Aber auch dieser Gedanke stellte sich als falsch heraus.

Die ersten Monate waren entscheidend, Joel bemächtigte sich der Situation und des Kindes. Ich glaubte, das sei wichtig und er als Pädagoge wisse besser als ich, wie man zu handeln hatte.

Man hätte gar nicht zu handeln brauchen. Es hätte genügt, das Kind als Kind zu behandeln, aber ich wusste nichts von Kindern.

Dennoch liebte ich Fanni mehr als alles, was ich je in meinem Leben geliebt hatte. Ich hatte mich nie vorm Fliegen gefürchtet, aber auf dem Rückflug von Kenia bekam ich Angst.

Zu meiner Überraschung wollte Fanni im Flugzeug auf meinem und nicht auf Joels Schoß sitzen. Das war die längste Zeit, die wir nah beieinander verbracht hatten. Während des ganzen langen Flugs saß sie auf meinem Schoß, das war meine Schwangerschaft. Wir saßen da und sahen uns an, Fanni schloss während der ersten Stunden keinen Moment lang die Augen, als hätte sie Angst, ich könnte ein Traum sein. Sie lag auf meinem Schoß, umklammerte meine Hand und starrte mich unverwandt an. Ich starrte zurück, traute mich nicht, die Augen zu schließen, auch ich befürchtete, sie könnte nur ein Traum sein.

So betrachteten wir uns gegenseitig, zwei Schlaflose, Joel saß neben uns und schlief. Während des Flugs verliebten wir uns ineinander, Fanni und ich, mit meinen Augen und meinem Schoß versuchte ich sie davon zu überzeugen, dass sie zu mir gehörte, dass ich nie weggehen, sie niemals verlassen, sie auf ewig lieben würde.

Ich wusste, dass sie mein Kind war, dass sie für uns bestimmt war, als hätte ich sie in mir getragen. Und schließlich schlief sie auf meinem Schoß ein, vertrauensvoll und friedlich meine Hand umklammernd.

Als wir nach Hause kamen, hielt Fanni Joel und mich fest an der Hand und ging vorsichtig umher. An jeder Schwelle blieb sie stehen, um sich zu versichern, dass im nächsten Raum niemand war, der sie mitnehmen könnte. Sie musterte mich fragend, als ich ihr auf Finnisch die Namen der Zimmer und Gegenstände nannte. Sie sprach schon ein wenig Finnisch und versuchte folgsam, die neuen schweren Wörter zu wiederholen.

Außerhalb der Wohnung sprach sie von sich aus lange kein Wort. Kann ein Kind die Feindseligkeit seines Heimatlandes spüren? Ich weiß es nicht, aber diesen Eindruck hatte ich. Fanni verstand, dass man sie an einen Ort gebracht hatte, wo sie anders war, und sie wollte nicht aus der Masse herausstechen, nicht sichtbar sein.

Ich hatte geglaubt, Kinder weinten viel, aber Fanni hatte in dem Kinderheim gelernt, still zu sein und nicht zu weinen. Weinen hatte ihr dort nichts genützt.

Als sie dann zum ersten Mal weinte, fing ich selbst an zu heulen, so glücklich war ich darüber, dass sie sich traute, uns ihre Traurigkeit zu zeigen.

Fanni hätte unbegabt sein können, und ich hätte sie trotzdem genauso geliebt, aber sie war begabt und fing mit zwei an, ganze Sätze zu sprechen. Bis dahin sagte sie selten etwas, und wir machten uns gelegentlich Sorgen, obwohl sie alles zu verstehen schien. Aber sie hatte einfach warten wollen, bis sie gut sprechen konnte, bevor sie etwas sagte. Danach hatte sie eine Menge zu erzählen.

Ein erstaunliches, ein so erstaunliches Kind. Nie hatte ich jemanden so lieben können wie Fanni und vor nichts so sehr Angst haben können als davor, sie zu verlieren.

Fanni ist noch immer das Band, das mich am stärksten ans

Leben bindet. Ich versuche sie festzuhalten, aber manchmal, wenn ich vom Ufer aus auf das Haus blicke und sie draußen spielen sehe, kommt es mir vor, als würden sich ihre Umrisse in der Landschaft auflösen.

FANNI

Wann darf ich denn eine Freundin hierher einladen, fragt Fanni, als sie mit Großvater *Memory* spielt.

Bestimmt kannst du mal jemanden einladen, falls nicht alle in Urlaub sind.

Mama lässt mich nicht.

Und warum nicht?

Sie sagt, sie will ihre Ruhe haben. Ich vermisse Linnea, zum Beispiel.

Ist das deine beste Freundin?

Ja. Sie war es jedenfalls. Ich weiß es nicht mehr, weil wir uns so lange nicht gesehen haben.

Freundinnen sind wichtig. Sag deinem Vater, dass wir eine Freundin einladen, oder du fährst mit ihm in die Stadt und besuchst jemanden zum Spielen.

Mama lässt mich nicht.

Doch, deine Mama lässt dich bestimmt, wenn du sie darum bittest.

Sie lässt mich nicht, ich habe sie schon gefragt. In der Stadt gibt es Rassisten.

Großvater schweigt einen Moment.

Vor denen soll man keine Angst haben. Wenn man anfängt, vor denen Angst zu haben, gerät man in ein inneres Gefängnis.

Was bedeutet das?

Das bedeutet, dass einen die Angst am Leben hindert. Du solltest nichts zu dummen Menschen sagen, auch wenn dein Vater und deine Mutter es tun. Wollen wir als Nächstes *Der Stern von Afrika* spielen?

Na gut. Zeigst du mir dann wieder auf der Landkarte, wo ich geboren worden bin?

Gern.

Ist dort meine kenianische Mutter?

Ich glaube, sie ist nicht mehr dort. Aber das Wichtigste ist, dass deine Mutter hier ist und dein Zuhause auch.

Ja. Diese Mutter hier hab ich am meisten lieb.

So soll es auch sein. Und jetzt hol das Spiel!

EMMA

Joel steht auf dem Steg und angelt. Ruhe und Harmonie umgeben ihn. Am liebsten würde ich ihn ins Meer stoßen. Sehen, wie er reagiert, ob wenigstens das ihn aus der Ruhe bringen würde. Wohl kaum. Er würde aus dem Wasser steigen, missmutig fragen, ob das jetzt unbedingt nötig gewesen sei, und ins Haus gehen, um sich umzuziehen. Nicht mehr. Niemals mehr.

Ich verliebte mich mit Vernunft in ihn, traf eine vernünftige Wahl. Manchmal bereue ich es. Schließlich gab es auch andere Männer, temperamentvolle Romantiker und Abenteurer. Joel wählte ich vermutlich für den Fall, dass ich eines Tages doch gern eine Familie hätte. Die Freunde ohne Kinder wurden allmählich weniger, und alle Mütter betonten stets, man solle sich einen anständigen Mann suchen. Joel war stabil und zuverlässig, ein in jeder Hinsicht guter Mann und schon von Berufs wegen fähig, Kinder zu erziehen. Ein Erdkundelehrer, der nie irgendwohin reisen will – ein großer Theoretiker also. Er würde besser aufpassen können als ich und die Anfälle in der Trotzphase unerschütterlich ertragen, ohne dabei auf das Niveau einer Dreijährigen zurückzufallen – im Gegensatz zu mir. Ich dachte, er würde ein guter Vater sein, wenn ich es wagte, Kinder zu bekommen, fürs Rentenalter könnte ich dann wieder jemanden wählen, der spannender war. Ich glaube nicht an die ewige Liebe. So etwas gibt es nicht, falls man sich nicht mit Gewalt an die selbst konstruierten Kompromisse klammert und sich einredet, das sei Liebe.

Aber da war auch Liebe, es hat keinen Zweck, das zu bestreiten.

Joel und ich verhandelten lange über ein Kind. Dabei siegte der Egoismus über die ökologischen Bedenken: Joels Argumente lauteten, dass ein Kind reichen und er es zu einem neuartigen, besseren Öko-Menschen erziehen würde, für den Recyclingkleidung und vegetarisches Essen Selbstverständlichkeiten wären.

Ich widersprach: Es kam mir absurd vor, noch mehr Kinder in eine Welt zu setzen, auf der es für die bereits existierenden nicht genügend Platz und Nahrung gab. Innerhalb von dreißig Jahren würde die Welt zusammenbrechen. Es war unverantwortlich, Kinder zu bekommen, deren Zukunft so trostlos aussah. Unser Kind könnte ebenso gut ein Klimaflüchtling werden wie jeder andere Mensch – Joel selbst predigte doch immer, dass der Klimawandel keine Grenzen kannte. Die Erde ist allen gemeinsam, und die Probleme sind es auch, das würden wir in den nächsten Jahrzehnten bitter zu spüren bekommen.

Joel wollte das Kind trotzdem. Ich war nicht gewillt, meine Arbeit aufzugeben, und in der Schwangerschaft würde ich nicht in Entwicklungsländer reisen können. Aber schließlich beugte ich mich, weil es Joel wichtig war.

Das Kind kam dann jedoch nicht. Nach all den Diskussionen war das eine Überraschung, aber keine Katastrophe. Manchmal dachte ich, dass es mit meiner Vernunftentscheidung und mit der Berechnung zu tun hatte. Ich hatte mir meinen Mann nicht aufgrund von Pheromonen, sondern mit Vernunft ausgesucht, und nun rächte sich die Natur an uns. Bei keinem von uns wurde jemals eine Ursache für die Kinderlosigkeit gefunden, es war lediglich eine ungünstige Kombination, sagte unsere Ärztin aus Versehen. Selbstverständlich nur biologisch, fügte sie hastig hinzu, manchmal kann so etwas passieren.

Sie sagte nicht laut, was sie dachte: Mit einem anderen Partner könntet ihr beide Kinder bekommen.

Insgeheim war ich erleichtert. Die Entscheidung war uns abgenommen worden, und das Einzige, was mir Sorgen machte, war, ob Joel mich wegen der Kinderlosigkeit verlassen würde. Doch es stellte sich heraus, dass Joel mich mehr wollte als ein Kind. Auch das war eine Überraschung. Selbst damals wusste ich noch nicht, dass ich ihm so viel bedeutete. Er sprach eigentlich nie von Liebe, weshalb ich wohl davon ausging, dass nicht sonderlich viel davon vorhanden war.

Joel wollte ein Kind adoptieren, das war für ihn der logische nächste Schritt. Ich war mir nicht sofort sicher, ein Leben ohne Kind wäre mir ebenso recht gewesen. Außerdem kannte ich die Herausforderungen einer internationalen Adoption und setzte mich dafür ein, Kindern in ihren Heimatländern zu helfen. Ich wusste, dass es für adoptierte Kinder nicht leicht war, sich in Finnland einzugewöhnen.

Unsere Diskussionen hatten jedoch die Vorstellung von einem Leben entstehen lassen, zu dem ein Kind gehörte. Meine verschwunden geglaubte biologische Uhr wachte insgeheim wieder auf, und Joel hatte keine große Mühe mehr, mich zu einer Adoption zu überreden.

Was hätten wir auch sonst mit unserem Leben angefangen? Plötzlich erschien ein kinderloses, auf die Karriere fokussiertes Leben festgefahren und einseitig. Dann versuchen wir es, sagte ich und dachte, dass man uns vielleicht gar nicht als Adoptiveltern akzeptieren würde.

Aber dank Joel ging der Adoptionsprozess zügig voran, er

war ein vorbildlicher Antragsteller, überzeugte sofort alle, und wir mussten nur drei Jahre auf Fanni warten.

Noch nachdem der Bescheid gekommen war, hatte ich Zweifel, ob ich als Mutter geeignet wäre, sprach aber mit niemandem darüber. Ich wollte auch nicht zu sehr von einem Kind träumen oder alles darauf aufbauen. Es konnte sein, dass wir nie eines bekommen würden, Adoptionen waren in jenen Jahren bereits deutlich schwieriger geworden.

Außerdem hatte ich mich schon an den Gedanken gewöhnt, dass mich die Natur aus einem guten Grund kinderlos bleiben ließ, den ich bloß noch nicht verstanden hatte.

Aber als Fanni kam, verstand ich auch, dass ich mich richtig entschieden hatte: Joel war ein großartiger Vater. Gleichzeitig begriff ich, dass es keinen Weg zurück gab – selbst wenn ich mir einen anderen Mann suchen würde, wäre Joel immer in meinem Leben. Er war der Vater meines Kindes. Diese Entscheidung könnte ich niemals wieder rückgängig machen.

Und am Anfang wollte ich das auch nicht. Unser Leben drehte sich nur um Fanni, über Nacht wurden wir Eltern.

Die Beklemmung wuchs erst später, hinterrücks am Rand eines Parks, außerhalb eines Kreises von Müttern. Ich wollte weg. Ich wollte zur Arbeit. Ich wollte zu dem zurück, was ich konnte und wo ich Wertschätzung für etwas anderes als für selbst gekochtes Essen bekam: die Welt retten.

Das war verkehrt. Die Mutter eines kleinen Kindes darf nicht von zu Hause wegwollen, schon gar nicht, wenn das Kind adoptiert ist und die Eltern alles sind, was es hat. Man kann das nicht aussprechen. Man kann das nicht tun.

Also blieb ich zu Hause. Dennoch wusste ich, dass ich eines Tages weggehen würde, weiter weg als je zuvor.

JOEL

Das Kind wurde für Emma zu einer Zwangsvorstellung. Gekonnt spielte sie die ruhige Frau, die sich ihrem Schicksal beugte, aber ich wusste, dass sie das Leben ohne Kind nicht aushalten und sich nur immer mehr von mir entfernen, sich in ihr unendliches Weltverbesserungsprojekt flüchten würde, wenn sie sonst nichts hätte. Das schloss ich aus ihrer energischen Art, zu erzählen, dass unser Kinderwunsch trotz aller Versuche unerfüllt blieb, wenn wir bei Freunden, die gerade ein Kind bekommen hatten, eingeladen waren und danach gefragt wurden. Das war okay. Dann schilderte sie, wie wichtig ihr Beruf sei und wie viel er ihr bedeute. Ein Kind würde diese Arbeit erschweren, und sie wisse nicht, ob sie das wolle.

Sie fuhr in ihrem Monolog noch lange fort, auch wenn die Person, die gefragt hatte, längst gern das Thema gewechselt hätte und es zutiefst bereute, den Kinderwunsch angesprochen zu haben. Was natürlich richtig war, denn diese Frage stellt man besser nicht immer und überall. So viel hatte ich über Frauen inzwischen gelernt.

Wegen Emma erkundigte ich mich nach der Möglichkeit einer Adoption, als die Ärztin anfing, davon zu sprechen, die kostspieligen Behandlungen einzustellen. Auch diese Entscheidung schien Emma ausgesprochen trostlos und endgültig vorzukommen, obwohl sie mit der Ärztin einer Meinung war. Emma war damals insgesamt etwas abwesend. Ich wusste nicht, was sie dachte, und dadurch übernahm ich praktisch immer die Rolle des Entscheiders.

Ich hätte mit einer anderen Frau Kinder bekommen können, auch das ging mir durch den Kopf. War ich bereit, meine biologischen Kinder für Emma zu opfern? Ja, das war
ich wohl. Vor allem aber wäre es moralisch falsch gewesen,
Emma, einen lebendigen Menschen, wegen Kindern zu verlassen, die es nicht einmal gab. Die auch nie kamen. Wir waren nicht immer glücklich, aber auch nicht unglücklich. Es
wäre ein großes Risiko gewesen, eine andere Frau zu suchen,
nur um eine Mutter für die eigenen Kinder zu finden.

Dann kam Fanni, und wir konnten uns gar nichts anderes
mehr vorstellen. Sie war unser Kind, genau das richtige und
für uns bestimmt. Nur eine Sache machte mich traurig: Fannis Einsamkeit als Einzelkind und einziges Enkelkind, ohne
Cousins und Cousinen, Onkel oder Tanten. Emma und ich
waren beide sonderbar baumstammlos. Wir achteten darauf,
dass Fanni Paten aus Familien mit vielen Kindern bekam, mit
denen wir auch sonst oft zu tun hatten.

Für meine Mutter war ein schwarzes Enkelkind natürlich
zuerst ein Schock, aber sie verbarg es gut, weil sie modern
sein wollte. Und schließlich war sie vollkommen verrückt
nach Fanni. Sie zeigte Bekannten und Unbekannten Fotos
von ihr und schwärmte, wie schön sie war: »Sie hat eindeutig
europäische Wurzeln, oder arabische vielleicht, nicht wahr?«
Emma hielt das Verhalten meiner Mutter für rassistisch, aber
sie beherrschte sich wegen Mutters Krebserkrankung.

Emma hatte bei ihrer Arbeit so viel gesehen, ich hätte nicht
geglaubt, dass sie den Rassismus, der Fanni betraf, so ernst
nehmen würde. Es stellte sich heraus, dass sie Gewalt und
Gräuel bei ihren Einsätzen im Ausland aushalten konnte,
aber nicht zu Hause. Wenn Fanni im Supermarkt schief ange-
sehen oder später nicht zu Geburtstagen eingeladen wurde,

geriet Emma außer sich. Ich versuchte ihr zu erklären, dass es nicht immer unbedingt mit der Hautfarbe zu tun haben musste: Kinder waren farbenblind, sie spielten einfach nicht immer mit jedem, ganz gleich, welche Hautfarbe die anderen hatten. Und immerhin hatte Fanni ja Freundinnen. Weiße Kinder wurden auch geärgert, manche mehr als Fanni. So war die Welt der Kinder.

Nichts davon kam bei Emma an. Sie sah alles durch Fannis Hautfarbe.

Als jemand Fanni einmal auf der Straße hinterherrief: »Geh zurück, wo du herkommst, scheiß Somali!«, und Fanni den ganzen Abend fragte, was ein Somali sei und warum man sie so genannt habe, saß Emma, nachdem Fanni schlafen gegangen war, nur da und starrte die Wand an.

»Warum haben wir Fanni hierhergeholt?«, fragte sie. »Einfach unerträglich. Diese Leute sind unerträglich, dieses Land ist unerträglich. Niemandem hier fehlt etwas, Kriege und Hungersnöte sind weit weg, und trotzdem ist ein dreijähriges schwarzes Mädchen für alle eine nicht auszuhaltende Bedrohung.«

»Nicht für alle«, erwiderte ich, wie immer bei solchen Gesprächen, »nur für manche.«

»Und von denen gibt es viel zu viele. Wir müssen hier weg.«

»Wir gehen nirgendwohin«, sagte ich, »hier ist Fannis Zuhause, hier leben ihre Großeltern und ihre Freundinnen, und es ist nicht gut für sie, wieder in ein neues Land zu ziehen und eine neue Sprache zu lernen, das weißt du doch. Fanni kommt zurecht, wenn wir zurechtkommen, wir machen Fanni stark. Wenn wir schwach werden, wird auch Fanni schwach.«

»So kann man nicht leben«, entgegnete Emma, »ein kleines Kind soll in Frieden leben und aufwachsen. Nach dem, was

Fanni schon als Baby durchgemacht hat, hat sie das Recht, sich hier sicher zu fühlen. Sie ist unser Kind, sie ist Finnin. Sie spricht Finnisch, sie liebt Schnee, sie hält dieses erbärmliche Land für ihre Heimat.«

»Und darum lassen wir sie auch weiterhin in ihrer Heimat leben«, erwiderte ich und beendete so das Gespräch.

Als Emma verstand, dass ich mich einem Umzug ins Ausland nicht beugen würde, wurden ihre beruflichen Reisen immer länger. Sie sagte, es gehe ihr anderswo besser, unter fröhlichen und freundlichen, dunkelhäutigen Menschen, obwohl sie selbst weiß war.

»Diese ganzen kartoffelnasigen, mürrischen Pseudo-Arier sorgen dafür, dass es mir schlecht geht«, stellte sie fest, »hier kann man nicht atmen.«

Ich verkniff mir die Bemerkung, dass auch das Rassismus war: das eigene Volk zu hassen, nur weil es ein paar engstirnige Idioten gab. Andererseits musste ich zugeben, dass die Zahl der Idioten ständig zunahm. Auch mir bereitete das Sorgen, aber das wollte ich meiner Familie nicht zeigen.

Indem Emma vor der Herde floh, ließ sie Fanni allein. Eine solche Schwäche hatte ich bei ihr nicht gekannt. Die Mutterschaft hatte sie nachhaltig verändert.

Ich verbrachte all meine Zeit mit Fanni, ging nirgendwohin, wenn Emma auf Reisen war. Wir fühlten uns zusammen wohl, gingen in unserer Blase Hand in Hand an den Rassisten vorbei. Ich war so groß, dass sich selten jemand traute, uns etwas hinterherzurufen. Ich war Fannis Mauer gegen die Welt. Das war zu meiner wichtigsten Aufgabe geworden. Dennoch hatte ich vor, sie, sobald es möglich war, zum Karate für Kinder zu bringen. Sie sollte lernen, zurückzuschlagen, sich gegen jeden Einzelnen von denen zu wehren.

EMMA

Joel leert das Trockenklo und setzt den Kompost um. An diesen Tagen halten Fanni und ich uns von ihm fern und beschäftigen uns mit unseren eigenen Sachen. Joel ist dann den ganzen Tag reizbar, diese Arbeit kann man nicht mögen, aber jemand muss sie machen. Sie ist schon vor Jahren von Großvater an ihn übergegangen, als dieser sich auf seine Rückenschmerzen berief. Ich zweifle allerdings an deren Existenz, denn seine energischen Ruderzüge scheinen den Rücken nicht sonderlich zu plagen.

Fanni und ich spielen drinnen mit unserer schlechten Internetverbindung heimlich ein Farmspiel auf dem iPad. Joel findet natürlich, dass ein so kleines Kind überhaupt nicht auf dem iPad spielen sollte, denn er sieht in der Schule Kinder, die nicht lesen können, aber von morgens bis abends und bis in die Nacht auf ihren Geräten spielen.

Ich bin anderer Meinung. Von mir aus darf Fanni spielen, solange sie es nicht zu oft tut und ich die Spiele kenne. Das ist nur einer von vielen Erziehungskonflikten zwischen uns. Seit Fanni da ist, habe ich das Gefühl, dass wir, was die Kindererziehung angeht, nie einer Meinung sind. Und ich bin im Gegensatz zu ihm natürlich kein Pädagogik-Profi.

Im Nachhinein ist es schwer zu verstehen, warum wir uns überhaupt wegen der Erziehung gestritten haben. Fanni musste eigentlich gar nicht erzogen werden. Sie war anpassungsfähig und gesund, ein paarmal im Jahr erkältet, das ist alles.

Ich gebe zu: Als Mutter, die nicht arbeitete, war ich ein Albtraum. Ich hasste es. Fanni war schon groß und ein unkompliziertes Kind, ich verstand überhaupt nicht, worüber meine Freunde klagten, wenn sie erzählten, wie hart die Zeit zu Hause gewesen sei. Fanni saß still auf dem Fußboden und wartete, dass ich mir ein Programm für uns einfallen ließ. Sie war es gewohnt, von Erwachsenen und einer Kindergruppe angeleitet zu werden, und wir wussten beide nicht, welches Verhalten von uns erwartet wurde, wenn wir zu zweit waren.

Offen gesagt wurde mir langweilig. Die Tage waren lang und öde, ich wusste nicht, wie ich die gemeinsame Zeit herumbringen sollte. Fanni hatte keine Ansprüche, sie folgte mir brav und freute sich riesig, wenn sie im Park Kinder sah. Ich glaube, sie vermisste die Kinderschar im Heim. Fanni zuliebe ging ich mit ihr in den Park, obwohl ich mich selbst dort nicht wohlfühlte. Sie wurde neugierig angestarrt, und ich hatte ständig das Gefühl, unter Beobachtung zu stehen. Die anderen Mütter nahmen übereifrig mit ihr Kontakt auf, um ihre Aufgeschlossenheit zu demonstrieren, andere wiederum wandten sich ab.

Vielleicht hatte ich Schwierigkeiten, weil ich nicht schwanger gewesen war und nicht die Aufmerksamkeit der schwangeren Frauen bekommen hatte, deren Bäuche zu allgemeinem Eigentum wurden, das jeder begrapschen durfte, wie meine Freundinnen erzählten. Fanni und ich plumpsten als fertiges Paket in den matschigen Novemberpark, und ich kannte dort niemanden. Wir gingen oft in Cafés, und bald wusste ich, wo eine sogenannte ethnische Atmosphäre herrschte und uns niemand anstarrte. Eine Freundin schlug vor, Fanni einer Parkbetreuerin zu geben, wie sie es getan hatte, aber ich traute mich nicht: Fanni könnte das als Abschieben empfinden, wo es doch wichtig war, dass sie lernte, mir zu vertrauen und sich darauf zu verlassen, dass ich bei ihr blieb. Ich hatte nicht das Gefühl, ihres Vertrauens würdig zu sein, aber ich gab mein Bestes.

Wenn Joel von der Arbeit nach Hause kam, lagen Fanni und ich normalerweise gemütlich unter einer Decke und sahen uns eine Kindersendung an, und Joel fing an zu meckern. Warum hatte ich nicht aufgeräumt, warum war das Essen nicht fertig, oder warum war überhaupt nichts zu essen im Haus, warum lag die Wäsche noch immer im Bad auf dem Fußboden. Wie kann man so leben und den ganzen Tag nur herumliegen, vor allem mit einem so unkomplizierten Kind, das nicht die ganze Zeit Aufmerksamkeit braucht?

Ich entgegnete immer, dass ich mich verpflichtet hätte, mich ein Jahr lang um Fanni zu kümmern, nicht aber als Putzfrau oder Köchin. Sollte es für ihn eine Überraschung darstellen, dass seine Frau zu Hause nicht die gute Fee spielte, sei das bedauerlich, aber nicht einmal ein Kind würde mich in eine solche verwandeln.

Joel marschierte daraufhin immer demonstrativ in die Küche und fing an, Essen zu machen, er kochte die Gefriertruhe voll, damit Fanni wenigstens manchmal eine anständige Mahlzeit bekam. Ich erzählte ihm nicht, dass wir meistens im Café aßen, um tagsüber mit Menschen in Kontakt zu kommen, zusätzlich zur wöchentlichen Stunde in der Musikschule. Joel hätte sich wegen der Geldverschwendung aufgeregt, aber worüber hätte er sich nicht aufgeregt.

Mit Fanni wurde Joel auch zu Hause zum Lehrer. Er war ein Mensch der Regeln und festen Abläufe. Das hätte ich wissen müssen. Aber aufgrund meiner vielen Aufenthalte im Ausland hatten wir keinen gemeinsamen Alltag gehabt. Meine Arbeit war unregelmäßig, ich kam und ging, wie es sich ergab, und Joel schien es nicht zu stören, während meiner Abwesenheit den Haushalt zu übernehmen.

Jetzt hatte sich die Rollenverteilung geändert, und ich hätte mich außer um Fanni auch um den Haushalt kümmern sollen. Aber wann hatten wir das vereinbart, wo stand das geschrieben? Fanni und ich störten uns nicht an ein bisschen Unordnung, Joel war der Einzige, dem es auf die Nerven ging. War es also nicht angemessen, dass er aufräumte, wenn er ein klinisch sauberes Zuhause haben wollte?

Da Fanni und ich seine Regeln nicht befolgten, wurde Joel zum Märtyrer und Meckerer. Schlafenszeiten, Essenszeiten, Mittagsschlaf, zweimal am Tag an die frische Luft, kein Fertigessen, mecker, mecker, mecker.

Nachdem wir uns lange genug angeschwiegen hatten, schlug ich vor, dass wir nach dem Sommer doch einen Kindergartenplatz für Fanni suchten und ich früher als geplant wieder arbeiten ging.

Fanni schien sich mit mir zu Hause einigermaßen wohlzufühlen, aber das galt nicht für mich, und unsere Ehe war eine Katastrophe geworden. Besser, wir kehrten alle in die Rollen zurück, die wir gewohnt waren, und außerdem fehlte Fanni eindeutig die Gesellschaft anderer Kinder. Joel verschaffte mein Vorschlag offenkundig Erleichterung, er fand, eine professionelle Früherziehung mit Regeln und festen Abläufen sei besser für Fanni, als die Zeit mit einer untauglichen Mutter zu verbringen.

Bevor Fanni in den Kindergarten kam, mussten wir dort bei Tag und bei Nacht hingehen, damit sie sah, dass der Kindergarten nachts geschlossen war und wir sie nicht dauerhaft dort lassen würden. Trotzdem war sie zunächst sehr ängstlich, sie klammerte sich an mich und weinte, blieb immer nur wenige Minuten auf einmal dort. Ich bereute meinen Egoismus und hätte alles rückgängig gemacht, wenn die Betreuerin mir nicht versichert hätte, dass Fannis Verhalten völlig normal sei. Die Eingewöhnung zog sich jedoch hin. Es dauerte Wochen, bis Fanni glaubte, dass sie jeden Tag wieder abgeholt würde. Aber allmählich gewöhnte sie sich an die Betreuerinnen und an die Kinder, und ich sah, dass sie sich danach gesehnt hatte: nach fröhlichen Kindern um sich herum, nach klaren Regeln und einem Tagesrhythmus, nach dem vertrauten Lärm anstelle der stillen Wohnung. Etwas in ihr öffnete sich auf neue Weise, sie fing an, lange Sätze zu sprechen und die anderen Kinder und die Betreuerinnen zu umarmen.

Joel und ich erreichten eine Art Zwischenfrieden, aber wir stritten trotzdem weiter über Fannis Erziehung. Ich hatte geglaubt, das Kind würde uns vereinen, aber tatsächlich rückte Fanni alles zwischen uns in undeutliches Licht.

Inzwischen streiten wir nicht mehr über Erziehung. Wir streiten eigentlich überhaupt nicht mehr, denn ich bin zum Streiten nicht mehr fähig. Auch das ist eine Enttäuschung für Joel. Früher war ich wohl eine bessere Kontrahentin.

Nachdem Joel die Kompostarbeit erledigt hat, kommt er ins Haus, um Kaffee zu kochen. Er wirft einen Blick auf uns, beherrscht sich aber und fragt nicht, wie lange wir schon spielen. Auf der Insel hat er aufgegeben, auch ihm fällt nicht immer eine Beschäftigung für Fanni ein. Er geht mit seinem Kaffee hinaus, und die Tür fällt einen Hauch lauter ins Schloss als nötig.

EMMA

Ich will nicht einkaufen gehen und auch nicht zum Sommer-café auf die Nachbarinsel fahren. Die Schärenbewohner kennen uns, mit ihnen läuft alles glatt. Fanni ist für sie nur ein Kind unter anderen.

Nicht aber für die Sommertouristen, die Bootsbesitzer, all die gutwilligen Menschen, die ebenso wenig hierhergehören wie ich ursprünglich auch.

Einige von ihnen stammen von der Küste, leben weit entfernt von der Hauptstadt, und sie sehen so gut wie nie andersfarbige Menschen in ihrer Umgebung. Auch das gibt es in diesem Land noch.

Die endlosen Fragen der Sommergäste, immer an mich, nie an Joel:

Spricht sie Finnisch?

Ist das eure Tochter?

Wie heißt sie? Ich meine, mit richtigem Namen. Mit dem, den sie bei der Geburt bekommen hat?

Wo ist ihre richtige Mutter, wisst ihr das?

Habt ihr nie darüber nachgedacht, aus was für einer Gosse sie herausgeholt wurde und wie sich das auf ihr Leben auswirken wird?

Oder die sich abwendenden Rücken, der Ring der Mütter um ihre flachsblonden Kinder herum, als schützende Mauer gegen alles Fremde.

Warum kann man Fanni nicht als unser Kind betrachten, so wie sie ist, ein kleines Kind mit Locken unter allen anderen?

Ich habe gelernt, Fanni inmitten dieser Fragen tapfer anzulächeln. Ich lächle immer, zeige meine Empörung nicht, versuche, uns Platz in dem Land zu erkaufen, in dem ich geboren wurde und in das ich Fanni als rechtmäßige Bürgerin gebracht habe.

EMMA

Auf der Insel denke ich viel an meine Mutter. Auch dafür ist Zeit, endlich. Ich warte darauf, dass sie irgendwo auftaucht, auf einem Stein sitzt und mich auf die vertraute Art anlächelt. Aber sie kommt nicht. Ich vermisse sie und hole dabei all die Jahre nach, in denen ich überhaupt nicht an sie gedacht habe. Solange sie lebte, war meine Mutter hauptsächlich weg, und wie es aussieht, hat sie ihre Gepflogenheiten nach ihrem Tod nicht geändert.

Auch als ich erwachsen war, haben wir uns selten gesehen, wir waren an die Abwesenheit der jeweils anderen gewöhnt, aber wir telefonierten oft. Ich rief sie immer an, wenn ich mich bei etwas unsicher fühlte, sie wusste alles.

Meine Mutter tat das, was Mütter in den 1970er-Jahren taten: Sie arbeitete. Lebte ihr Leben. Das Kind lief so mit, wenn es gerade passte. Ernsthaft vermisste ich sie erst, als ich Fanni bekam.

Da merkte ich, dass es viel zu fragen und zu reden gegeben hätte. Sie hatte damals drei Monate Mutterschaftsurlaub genommen, danach kam eine Tagesmutter zu mir, die ich später angeblich hin und wieder Mama nannte und der ich abends nachweinte. Meine Mutter erzählte immer, sie habe keine Lust gehabt, mit einem Baby zu Hause zu bleiben. Für ihre Generation, die von Hausfrauen großgezogen worden war und sich Gleichberechtigung erkämpfte, war es wichtig, zu beweisen, dass Frauen nicht nur daheim nützlich sein konnten.

Ich hätte meiner Mutter gern gesagt, dass ich ihr keine Vorwürfe machte, dass ich verstand, warum sie die Welt den eigenen vier Wänden vorgezogen hatte. Ich war selbst nicht als Hausfrau geeignet, aber für meine Generation war die Entscheidung schwieriger. Man musste für beides befähigt sein: für die Kindererziehung und fürs Berufsleben. Es war nicht akzeptabel, die Kinder wegen der Karriere zu vernachlässigen, aber auch nicht die Karriere wegen der Kinder. Erst mit Fanni begriff ich, wie kompliziert diese Gleichung war. Eigentlich konnte man sie unmöglich lösen. Frauen fielen aus dem Berufsleben ins Mutterschaftsloch, und mich irritierte lediglich, dass man sich in der Öffentlichkeit über diesen Vorgang wunderte.

Das passierte, weil man es von uns erwartete. Weil Internetforen und Zeitschriften voller Tiraden über die Bedürfnisse von Kindern, bindungsorientierte Erziehung und das Modell der guten Mutter waren – am liebsten einer, die eine bemerkenswerte Karriere hinlegte, aber trotzdem Zeit und Energie hatte, die Kinder rechtzeitig vom Kindergarten abzuholen, sie abends zu ihren Hobbys zu begleiten und sie nach dem selbst gekochten Abendessen und einer Gutenachtgeschichte ins Bett zu bringen. Solche Menschen gibt es nicht. Jedenfalls bin ich keiner von ihnen.

Ich verstand meine Mutter nun besser als je zuvor und war traurig, ihr das nicht sagen zu können.

Was hätte sie über Fanni gedacht? Ich glaube, sie wäre in sie vernarrt gewesen. Wäre sie eine engagierte und begeisterte Oma geworden, so wie sie als Mutter nie war?

Ich habe mir nicht besonders viele Gedanken über die Dinge gemacht, die ich mit meiner Mutter nicht besprochen oder getan habe. Als sie starb, war ich traurig, aber auch zu beschäftigt, um innezuhalten. Nach Fanni beschäftigte ich mich auch damit. Dass ich meine Eltern und meine Kindheit hinter mir ließ, als ich ins Ausland ging und meine egoistische Erziehung in eine egoistische Lebensweise ummünzte. Die Welt zu retten war eine Methode, Dinge zu vernachlässigen, mit denen ich mich nicht auseinandersetzen wollte.

Fanni zwang mich, damit aufzuhören.

Am besten erinnere ich mich an den Stress meiner Mutter. Immer war sie auf dem Sprung. Sie lächelte freundlich an der Tür, die Koffer standen entweder zur Abreise oder zum Auspacken bereit. Sie nahm mich hoch und umarmte mich, fragte, wie es mir ging. Stets trug sie einen eleganten, farbigen Seidenschal, sie musste Hunderte davon besessen haben und kaufte auf ihren Reisen immer neue. Mir brachte sie noch Plüschtiere mit, als ich schon viel zu alt dafür war. Sie wollte keinen Plastikschrott kaufen. Eine einzige Barbie habe ich als Mädchen bekommen, meine Mutter kaufte sie in den USA, und sie war schwarz. Meine Freundinnen beneideten mich darum, denn keine hatte jemals eine schwarze Barbie gesehen, und wir verstanden, dass sie etwas Besonderes war. Wir hatten auch sonst nicht viele dunkelhäutige Menschen zu Gesicht bekommen, außer in der Bill Cosby Show. Ansonsten gehörten Barbies bei uns auf die Liste der verbotenen Spielsachen, so wie *Dallas* zu den verbotenen Fernsehsendungen gehörte. Ich guckte es bei meinen Freundinnen und zu Hause mit meinem Vater, wenn meine Mutter nicht da war.

Üblicherweise kaufte sie mir Stofftiere vom WWF, die bedrohte Tierarten darstellten, oder aufklärende Kinderbücher. Auch da war sie ihrer Zeit voraus. Schade, dass sie das Zeitalter nicht erlebt, in dem vegane Ernährung zum Trend geworden ist und Stoffwindeln Anlass zum Stolz bieten.

Meine Mutter redete immer davon, was wir zusammen unternehmen würden: in die Stadt fahren und neue Kleider oder Bücher kaufen. Wir haben es nie getan. Mit der Zuversicht eines Kindes wartete ich meine gesamte Kindheit lang auf den gemeinsamen Stadtbummel. Irgendwann, wenn Mama Zeit hat.

Ich wollte Fanni Zeit schenken. Ich wollte nicht, dass sie im Hausflur auf ihre Mutter wartete. Aber ich war auch nicht bereit, meine Arbeit und mich selbst aufzugeben, all das, was ich für wichtig hielt und dem ich vor Fanni mein ganzes Leben gewidmet hatte. Gehen oder bleiben? Joel konnte die Gleichung besser lösen als ich, weil er nie wirklich Lust hatte, irgendwohin zu gehen.

Wenn ich die Tür hinter mir zumachte und meinen Koffer nahm, wusste ich, was meine Mutter empfunden hatte: Freiheit. Schuldgefühle, weil die Welt auf sie wartete und sie losziehen wollte. Rechtfertigungen vor sich selbst, dass die Trennung ja nicht so lange wäre, dass das Kind einen Vater hatte, dass die beiden bestens klarkämen. Dass ich nach meiner Rückkehr eine bessere Mutter wäre. Dass ich das Recht auf ein Leben außerhalb der Wohnung hatte, dass meine Arbeit wichtig war.

Mit Fanni wäre meine Mutter oft zum Einkaufen in die Stadt gefahren, da war ich mir sicher.

Hätte sie einen solchen Ausflug wenigstens ein Mal mit mir unternommen! Hätte sie mir nur erzählt, was sie gern anders gemacht hätte! Was sie bereute und was nicht. Was ich besser machen könnte als sie.

Wir haben beide unsere Mütter verloren, Fanni und ich. Vielleicht kann ich deshalb nicht die Mutter sein, die ich sein sollte.

FANNI

Fanni steht im Garten und reißt Blütenblätter von den Blumen. Großvater geht vorbei, hält inne und schaut zu.

Was haben die Margeriten denn angestellt, fragt er schließlich, und Fanni hört mit dem Abreißen auf.

Papa und Mama sind dumm, antwortet Fanni und starrt auf den Boden. Ich lasse sie beide sterben, dann renne ich in den Wald und verstecke mich und komme nie mehr heraus.

Großvater setzt sich auf einen Stein.

So, so. Im Wald wird es allerdings schnell recht kalt und dunkel. Da müsste ich vielleicht mitkommen. Was haben Papa und Mama denn gemacht?

Ich will auf dem iPad spielen, aber sie lassen mich nicht mehr, sie haben es auf den Schrank gelegt und gesagt, ich muss draußen spielen. Ich will aber nicht draußen spielen! Hier gibt es nichts zu tun!

Hast du vielleicht Sehnsucht nach zu Hause, fragt Großvater und nimmt die sich sträubende Fanni auf den Schoß.

Fanni nickt. Großvater seufzt.

Wie wäre es, wenn ich mit deinem Papa rede und vorschlage, dass wir zusammen in die Stadt fahren, wir drei. Wäre das schön?

Fanni nickt.

Dann machen wir das. Aber jetzt gehen wir Baumpilze sammeln und gucken, ob wir darunter Kobolde finden.

Es gibt keine Kobolde.

Schon möglich, dass es welche gibt. Man kann immerhin nach ihnen suchen, und wer sucht, der findet, so heißt es doch immer. Woher wollen wir wissen, dass es keine Kobolde gibt, wenn wir nicht zuerst nach ihnen suchen?

Fanni steht auf und schaut Großvater unsicher an.

Na gut. Aber nach Hause fahren wir auch.

EMMA

Als wir noch nicht verheiratet waren, versuchte ich einmal mit Joel über meine Eltern zu reden. Ich dachte, das sei wesentlich, um mich als Person zu verstehen, auch wenn Joel sie nicht mehr kennenlernen konnte. Es fiel mir schwer, von ihnen zu erzählen, und ich fing damit an, als ich vor dem Fernseher auf der Couch lag.

Nach einer Weile merkte ich, dass Joel eigentlich gar nicht zuhörte. Mit einem Auge schielte er am anderen Ende der Couch auf sein Handy.

»Hörst du mir zu?«

»Ja, ja, ich hör dir zu. Deine Eltern, beide leben nicht mehr.«

Er blickte nicht von seinem Handy auf. Ich dachte, er würde sich vielleicht etwas mehr für das Thema interessieren, wenn er gewusst hätte, wer meine Mutter war, aber ich sagte nichts. Mir fiel nichts mehr ein.

»Du hörst nicht zu, aber egal, ist nicht wichtig«, sagte ich, stand auf und verließ das Zimmer. Und es war auch nicht wichtig, Joel kam nicht auf das Thema zurück, bis er zwei Jahre später endlich begriff, dass meine Mutter nicht irgendwer gewesen war und dass es im Zusammenhang mit meiner Familie Dinge gab, über die zu sprechen durchaus gut sein könnte.

Da war es schon zu spät, ich wollte nicht mehr reden, auch wenn er endlich bereit gewesen wäre zuzuhören.

Später dachte ich, dass damals wohl mein Schweigen begann. Von da an ließ ich auch andere Dinge unerwähnt, zuerst Erlebnisse von meinen Dienstreisen, Dinge, die in meine Träume vordrangen, die wachsende Beklemmung, die Hoffnungslosigkeit, die gegenüber der Hoffnung immer mehr Raum gewann. Den Zweifel an unserer Beziehung, den Zweifel, der von Anfang an da gewesen und eigentlich nie weggegangen war. Den Wunsch, ein Kind zu haben, den Wunsch, kein Kind zu haben.

Worüber haben wir letzten Endes überhaupt geredet? Ich weiß es nicht. Ich glaube nicht, dass er mich kannte. Und ich glaube nicht, dass ihn das störte.

Man kann nicht sagen, dass Fanni zwischen uns gekommen wäre. Nein, zwischen uns hatte es von Anfang an ein schwarzes Loch gegeben, und darum hätte es mit uns niemals weitergehen dürfen. An schlechten Tagen denke ich so. Ich weiß nicht, was mir an guten Tagen durch den Kopf geht, von denen gibt es immer weniger. Die Zeit wird knapp, das spüre ich, und auch darüber rede ich nicht mit Joel.

EMMA

Ich sitze mit Fanni auf dem Fußboden und puzzle. Fanni hat Puzzles schon immer geliebt, sie ist gut darin. Auch das haben wir lange nicht mehr gemacht, aber heute ist einer der besseren Tage, und als Fanni vorsichtig fragt, ob ich ihr helfe, lächle ich und sage: gern.

Aber ich verstehe das Motiv nicht. Die Abende werden allmählich kühl, und Joel hat Feuer im Kamin gemacht, es knistert heimelig. Fanni nimmt die Teile in Augenschein, sucht ein Stück Himmel, dann eine Ecke und verbindet beide Teile. Sie legt die Farben nebeneinander und dreht die Stücke hin und her, um zu sehen, welche Seite wo hinpassen würde. Ich schiebe ebenfalls Teile hin und her, um etwas zu tun, kann mir aber kein Gesamtbild machen. Die Einzelstücke sind für mich nur verworrene farbige Darstellungen, die bunten Farben und die Undeutlichkeit des Motivs reizen meine Augen, irgendwo im Hintergrund fängt der Kopfschmerz an zu pochen, schon spüre ich den Druck auf den Augen.

In dem Moment verstehe ich, dass ich nie wieder würde arbeiten können. Fanni sortiert die Teile, es entsteht eine Ecke, auf der man das Meer sieht, den Kopf eines Seehundes, dann Himmel und Wolken, wo ist bloß sein Schwanz, fragt sie sich und dreht die Teile hin und her. Warum hilfst du mir nicht, Mama, fragt Fanni tadelnd, und ich halte ihr hilflos verschiedene Teile hin, ich befinde mich nicht einmal auf dem Niveau einer Fünfjährigen.

Ich stehe auf, um das Feuer zu schüren, Fanni kommt

nicht weiter und weiß nicht, wie sie den mittleren Bereich des Puzzles zusammenkriegen soll, dort ist etwas diffuses Graues, vielleicht ein Felsen, aber auch ich weiß nicht genau, was es ist und wohin es gehört. Hol Papa zu Hilfe, schlage ich vor, und Fanni ruft ihn. Joel kommt leicht gereizt vom Ufer hoch, wieder einmal ist er beim Reparieren des Stegs gestört worden, vermutlich umsonst. Fanni erklärt ihm, dass wir nicht weiterkommen, dass Mama nicht helfen kann.

»Schauen wir mal«, sagt Joel, er fängt an, Teile hin und her zu drehen, und zeigt Fanni wenig später die Lösung für die schwierige Stelle. Und plötzlich ist da ein Bild, deutlich und komplett, ein Seehund auf einem Felsen in der Abendsonne, das Motiv ist schön und harmonisch, ganz selbstverständlich, jetzt, da es fertig ist. Fanni ist zufrieden mit sich.

»So sieht es in meinem Kopf aus«, sage ich zu Joel, und er schaut mich verwundert an.

»In deinem Kopf ist ein Seehund?«, fragt er, und Fanni kichert, es tut gut, sie lachen zu hören.

»Nein, ein chaotischer Haufen von Einzelteilen, ich kann nicht mal mehr ein Puzzle zusammensetzen, geschweige denn Erinnerungen.«

Joel streicht mir über den Kopf, ich zucke zusammen, mein Kopf ist empfindlich und erträgt keine Berührungen.

»Das wird sich schon wieder zusammensetzen lassen, dir fehlen bloß die richtigen Teile.«

Deswegen habe ich mich wohl für ihn entschieden, er findet auf alles eine Antwort; endlich einer, der stabil ist und Antworten hat, Glauben an das, was er tut und wie die Welt sein sollte. Alle anderen Männer in meinem Leben wären längst gegangen, Joel aber geht nicht weg, er ist ein Mann mit Prinzipien, er beißt die Zähne zusammen und hält durch.

EMMA

Ich breche zur üblichen Inselumrundung auf, Fanni will nicht mitkommen, sie baut am Ufer eine Sandburg und einen Staudamm. Es ist bewölkt, für mich leichter zu ertragen als Sonnenschein. Durch meine Spaziergänge hat sich ein Pfad gebildet, das gibt mir ein Gefühl von Sicherheit. Da ist eine Strecke, die ich ohne Überraschungen gehen kann, ein Weg, den ich kenne, ein Kreis, der sich schließt. Aus der übrigen Welt ist dieses Gefühl verschwunden.

Unterwegs lasse ich mich kurz auf Großvaters Buddha-Felsen nieder. Eine irgendwie dunkle weibliche Gestalt tritt zu mir, ich nicke, sie nickt zurück. Von ihr geht eine Erinnerung aus, aber ich bekomme sie nicht zu fassen und versuche es nicht einmal. Allmählich bin ich diese Gestalten gewohnt, ich rege mich nicht mehr auf und erschrecke nicht, und als ich aufstehe, um weiterzugehen, ist die Frau auch schon wieder weg.

Durch Blaubeersträucher hindurch gehe ich zur Nordseite der Insel und frage mich, wie viele Zecken wohl an meinen Hosenbeinen haften und ob ich noch Zeit hätte, an FSME zu sterben, falls ich die Krankheit bekäme. Gegenüber vom Nordufer sieht man eine kleine Insel. Zwischen dieser und unserer Insel liegt eine tiefe Lagune, auf der ich oft mit Fanni rudere, um Fische und Algen zu untersuchen. Ich kenne mich mit beidem nicht aus, aber mit Fanni lerne ich jeden Tag hinzu. Sie ist klüger als ihre Eltern, so muss es sein, so ist es gut. Hinter der Insel liegt ein Boot vor Anker, manchmal sind dort auch echte Boote, aber dieses ist das Geisterboot aus Holz, das ich schon kenne, diesmal leer. Manchmal steht die Familie an Deck, manchmal ist das Boot verlassen, so wie jetzt.

Eines Abends kommt Joel vom Ufer, gefolgt von einer Familie. Ich erschrecke. Ich frage mich, warum sie jetzt auch Joel folgen, was das zu bedeuten hat. Erstarrt stehe ich auf der Terrasse, und erst als der Vater fragt, ob sie störten, begreife ich, dass es echte Besucher sind, lebendige Menschen. Ich lächle und reiße mich zusammen, natürlich nicht, ich habe bloß nicht gewusst, wer ihr seid, sage ich, und Joel stellt mir seinen ehemaligen Kommilitonen samt Familie vor, sie übernachten auf ihrem Segelboot, das hinter der Insel vor Anker liegt. Sie sind mit dem Schlauchboot gekommen, um nachzusehen, ob jemand zu Hause ist, und das sind wir.

Joel und Fanni freuen sich über die Besucher, die Kinder spielen mit Fanni Uno, und ich denke, dass die Gesellschaft uns allen guttut.

Eines der Kinder fragt mich, was ich da am Kopf hätte, und ich sage, das sei eine Narbe. Warum hast du die, fragt das Kind, und ich erkläre, ich wisse es nicht recht, ich sei operiert worden, könne mich aber noch nicht an mehr erinnern. Die Eltern nicken höflich in ihren Kaffee. Joel bricht die Stille, indem er sagt, ich erholte mich noch von der Operation, darum seien wir auf die Insel gekommen, damit ich mich ausruhen könne. Dann steht er auf, um den Gästen die Insel und das Haus zu zeigen. Sie wollen nicht zur Sauna bleiben, sie sind schon auf dem Heimweg und müssen am nächsten Morgen früh aufbrechen, bevor Ostwind aufkommt.

Ich mag den Ostwind nicht, er trifft die Insel am ungeschützten, felsigen Ufer, dann ist es vor dem Haus und am Ufer kalt. Aus dem Osten kommen oft schlechte Geister, solche, die finster aufs Meer starren und bedrohlich wirken. Ich beschließe, schon einmal das Essen für morgen zu machen, für den Fall, dass ich den ganzen Tag nicht die Energie habe, aufzustehen.

Nach der Runde über die Insel gehen die Besucher, ich kann mich an ihre Namen nicht erinnern, aber wir verabschieden uns höflich und laden sie ein, wiederzukommen. Die Mutter schaut mich übertrieben mitfühlend an und umarmt mich eine Spur zu lange, ich ahne, dass ich wie ein sterbender Mensch aussehe, oder zumindest wie einer, der bereits aufgegeben hat. Trotzdem war der Besuch erfrischend. Ich schlage Joel vor, auch andere Freunde einzuladen, wenn er will. Aber am nächsten Tag kommt Ostwind auf, ich bleibe im Bett liegen, und wir reden nicht mehr über Gäste.

EMMA

An einem Abend sitze ich mit Großvater auf einem Ufer-
felsen. Er hat wieder Großmutters Anwesenheit gespürt, sagt,
er suche nach ihr. Er ist zuversichtlich, weil ich hier Geister
sehe, seiner Meinung nach ist das ein Zeichen dafür, dass unsere Insel ein guter Ort für sie ist.

»Aber es ist doch aussichtslos, hier nach Großmutter zu
suchen«, wundere ich mich, »sie hat sich auf der Insel nicht
wohlgefühlt, als sie noch gelebt hat, warum sollte sie also als
Tote herkommen?«

Großvater schmunzelt.

»Vielleicht wegen mir«, schlägt er vor, und ich lächle über
seinen ewigen Optimismus.

Woher soll ich wissen, wo die Toten umgehen und warum.
Über Joels Mutter weiß ich noch weniger, sie war eine rätsel-
hafte Frau und verbarg hinter ihrer theatralischen Art das,
was sie wirklich war. Erst auf der Palliativstation meinte ich
flüchtig etwas von ihrer wahren Persönlichkeit zu erkennen:
von der desillusionierten, beschädigten Frau, die nicht verstand, warum ihr Leben so verlaufen musste, wie es verlief.

Sie wollte Edith Piaf sein, war es aber nicht. Das hinderte
sie nicht daran, in den hintersten Tanzlokalen in ganz Finnland aufzutreten, wo das Publikum zu besoffen war, um die
Sängerin zu erkennen.

Aber sie war nicht schlecht, da übertreibt Joel stark. Die
Mutter ist immer an allem schuld, auch an dem, an dem sie
es nicht ist.

In den Jahren, in denen ich sie kannte, war sie einfach eine alte, einsame Frau, in ihren Träumen enttäuscht. Das Kind hatte beschlossen, sie mit seiner Ankunft genau in dem Moment zu überraschen, in dem von einem Plattenvertrag die Rede gewesen war – wenn auch in der Erinnerung womöglich konkreter, als es ohne Kind der Fall gewesen wäre.

Sie war begabt, das hörte ich ihrer Gesangsstimme noch im Alter an, aber eine Schallplatte hat es nie gegeben. Sie selbst war davon überzeugt, dass eine Platte sie ins Ausland und auf die großen Bühnen gebracht hätte, wer weiß, wohin.

»Aber ich hatte ja dich«, sagte sie an der Stelle immer und lächelte Joel edel an, der die Kiefer anspannte. Es wurde trotzdem deutlich, was ihr wegen des Kindes alles versagt geblieben war, auch wenn Joel meinte, die Gespräche über einen Plattenvertrag hätten nur in ihrem Kopf stattgefunden.

Doch woher wollte er das wissen? Und selbst wenn seine Mutter ein wenig übertrieb: Immerhin hatte sie versucht, Künstlerin zu sein. Vielleicht durfte man dann auch mit künstlerischer Freiheit die Wirklichkeit im Nachhinein ein wenig schönen. Lügner sind wir alle, unseren Nächsten, unseren Familien, vor allem uns selbst gegenüber.

Die größte Lügnerin bin allerdings ich, mit meinem Gedächtnis, das mir verbietet, mich zu erinnern. Vielleicht hat sich der Plattenvertrag im Lauf der Jahre im Kopf von Joels Mutter in Wirklichkeit verwandelt, vielleicht erinnerte sie sich selbst nicht mehr daran. Und für wen spielt er letztlich eine Rolle, der untergegangene Traum einer alten Frau?

EMMA

Allmählich habe ich genug von der Hitze, aber Fanni genießt sie. Gleich nach dem Frühstück geht sie fröhlich plappernd mit ihrem Vater schwimmen. Die Schwimmhilfe schlenkert, der knallgelbe Badeanzug hüpft auf und ab, man sieht ihre Begeisterung aus der Ferne.

Heute ist ein guter Tag, der Kopf tut mir so wenig weh, dass ich den Schmerz fast vergessen kann, vielleicht fange ich mit einem neuen Buch an oder tue nichts, überlasse mich der Müdigkeit und döse nur.

Ich habe mich gerade mit einem kalten Zitronentee und einem Buch auf die Terrasse gesetzt, da kommt Fanni vom Ufer angerannt und weint unbändig.

»Mama«, ruft sie schon von Weitem, »jetzt sind sie da«, schluchzt sie. Ich erschrecke. Was ist da? Leichen? Ich stehe auf, und Fanni läuft in meine Arme.

»Die Blaualgen«, schluchzt sie. »Jetzt kann man den ganzen Sommer nicht mehr schwimmen gehen, sagt Papa, und alles ist im Eimer! Im Wasser sieht man auch nichts mehr, nicht mal Fische.«

Ich tröste sie, obwohl ich insgeheim erleichtert bin, bloß Blaualgen. Wenn mich etwas wundert, dann, dass es nicht mehr als das ist. Immerhin sind wir daran gewöhnt: dass jeden Sommer das Meer umkippt und verdorben ist, dass man nicht mehr jeden Tag Fische fangen und essen kann, dass es nach faulen Eiern riecht und man deshalb nicht einmal mehr ein abendliches Lagerfeuer am Ufer machen möchte.

Wir gehen Hand in Hand ans Ufer, um nachzuschauen. Joel sitzt betrübt auf dem Steg und wirkt ausnahmsweise einmal ratlos.

Der Anblick ist zweifellos deprimierend. Ein riesiger grünlich blauer, langsam dahintreibender Algenteppich hat die gesamte Bucht erobert, ein paar tote junge Fische treiben mit dem Bauch nach oben am Ufer. Man kann hier nicht mehr schwimmen, und wenn nicht bald Wind kommt, fängt das Wasser an zu stinken.

Ich seufze. Fanni schluchzt und lässt die Schwimmhilfe sinken.

»Wir müssen mit dem Boot ein Stück weiter fahren, es gibt immer eine Stelle, an der man schwimmen kann«, sage ich hilflos und nehme sie in den Arm. Ich weiß, dass man vermutlich richtig weit fahren muss und sich keineswegs sicher sein kann, irgendwo sauberes Wasser zu finden. In schlechten Jahren reichen die Algenteppiche bis nach Tallinn. Joel sagt nichts, er sitzt nur da und starrt düster auf das faulige Meer.

Ich muss mir etwas einfallen lassen. »Was hältst du von Pfannkuchen zum Mittagessen, wäre das eine Idee?«, frage ich, und Fanni nickt, wischt sich die Tränen von den Wangen und geht mit gesenktem Kopf zum Haus zurück. Beim Mittagessen reden wir darüber, warum wir keinen Swimmingpool haben können wie in Nairobi, wir sehen uns am Laptop Fotos von Kenia an und sprechen über die Reise, die wir eines Tages dorthin unternehmen werden. Fanni wird etwas munterer und gießt die kleinen Sprösslinge in ihrem eigenen Blumenbeet, sie ist ein unendlich flexibles und optimistisches Kind.

Ich glaube nicht, dass unser biologisches Kind so gewesen wäre. Jeden Tag bin ich glücklich über Fanni, auch wenn ich denke, dass ich nicht mehr kann, dass ich aufgebe, dass es nichts gibt, für das ich noch kämpfen will. Aber da ist immer Fanni.

Ich meide das Ufer, die Blaualgen verschlimmern meinen Zustand. Im Schlick sehe ich halb verfaulte Augäpfel und angebissene Backen von Fischen, der faulige Geruch erinnert mich an Leichen, die im Meer treiben.

Wir bauen Fanni vor dem Haus einen kleinen Pool, das ist ein schwacher Trost, sie sitzt nur kurz wegen der Mühe, die wir uns gemacht haben, darin und lässt dann Schnecken und Ziersteinchen schwimmen, sie selbst ist für ein Planschbecken schon zu groß.

Ein dunkelhäutiges Kind in einem kleinen Planschbecken aus Plastik, so sind wir, wir bringen alles durcheinander und verstecken uns, wir zerstören die Korallen und bauen stattdessen Aquarien, wir tun so, als wäre es dasselbe, obwohl bereits alles verloren ist.

EMMA

Joel hat beschlossen, Fanni in diesem Sommer Schach beizubringen. Sie ist begeistert, Brettspiele liegen ihr, aber ich
fürchte, Schach könnte zu viel für sie sein. Ich täusche mich.
Sie ist geduldig und schlägt sich für ihr Alter gut.

Fanni ist am Gewinnen, Joel bringt es endlich einmal über
sich, sie gewinnen zu lassen. Auch darüber haben wir uns gestritten: ob es falsch ist, ein Kind manchmal gewinnen zu lassen, ob es nicht genügt, wenn sie das Verlieren lernen, wenn
sie die Niederlage ertragen und die Enttäuschung nicht zu
groß ist? Natürlich bin ich für die Freude am Spiel anstelle
der Pädagogik, Joel hält das für Verhätschelung.

»Schachmatt«, ruft Fanni triumphierend aus.

»Das kann nicht wahr sein«, lacht Joel, »du hast schon wie-
der gewonnen. Aber schau mal genau hin, es ist noch nicht
Matt, es ist erst Schach, und jetzt bringe ich den König in
Sicherheit. So.«

»Das nützt nichts«, erwidert Fanni, »die Königin schlägt
ihn trotzdem. Schau nur, dein König wird in der Ecke sterben.«

»Sieh an«, sagt Joel und ist nun ehrlich verblüfft. »Du hast
recht. Aus dir wird noch eine Schachmeisterin.«

»Und die Königin ist die stärkste Spielfigur von allen, nicht
wahr, Mama? Jetzt ist es wieder Schach.«

»Ich verstehe nichts von Schach«, sage ich hinter meinem
Buch. »Aber eine starke Königin klingt gut.«

»Wer die Königin verliert, verliert normalerweise das ganze Spiel, sagt Papa. Solange die Königin im Spiel ist, gibt es noch Hoffnung, auch wenn die Lage noch so aussichtslos ist. Stimmt's, Papa?«

»Ja, genau«, meint Joel mit einem Nicken und denkt über den nächsten Zug nach. »Die Königin soll man nie opfern.«

»Ach ja«, sage ich mit Nachdruck, und Joel wirft mir über das Schachbrett hinweg einen Blick zu. Als er merkt, dass ich lächle, lächelt er zurück.

»Ha!«, ruft Fanni begeistert. »Jetzt drängt meine Königin deinen König mit dem Turm in die Ecke, und er kann nicht mehr entkommen!«

»Sieht ganz so aus«, antwortet Joel und seufzt. »Ich glaube, diese Partie verliere ich, ich muss meine Niederlage eingestehen. Da kann man nichts machen, ich bin in die Ecke gedrängt.«

Ich schaue ihn über mein Buch hinweg an.

»Dann rudere halt aus der Ecke heraus, so machst du es doch immer.«

Zu meiner Überraschung lächelt Joel erneut.

EMMA

Auf der Insel ist ein Festtag. Im Laden wird endlich einmal Bio-Lamm von einem regionalen Erzeuger verkauft. Wir dürfen Filets grillen, denn regionales Biofleisch ist das einzige Fleisch, das Joel auf seinem Grill toleriert, er selbst isst zwar nichts davon, grillt es aber immerhin für Fanni und mich.

Ich freue mich auf die Filets. Ich bin gierig nach Fleisch. Das habe ich Joel nie erzählt. Ich hätte es ihm ganz am Anfang erzählen müssen, aber Joel war ein so fanatischer Vegetarier, dass ich dachte, die Beziehung ist zu Ende, wenn ich nicht sofort auf Fleisch verzichte. Vermutlich hatte ich recht, Joel hätte mich bestimmt verlassen, wenn er gewusst hätte, dass ich auf Dienstreisen manchmal heimlich und mit großem Genuss rosa Steaks verzehrt habe.

Ich war froh, als wegen Fanni ab und zu etwas Fleisch auf unseren Tisch kam. Fanni mäkelt normalerweise nicht am Essen, aber das Lamm ist zu viel für sie.

»Das schmeckt komisch, das mag ich nicht«, beschwert sie sich und stößt die Fleischstücke auf ihrem Teller von sich. Sie hat recht, Joel hat das Lamm zu lange gegrillt, es ist trocken und hat einen Beigeschmack nach Wollsocke. Ich genieße es trotzdem, ich habe die Nase voll von Sojawürstchen und Veggie-Burgern. Joels neuester Hit ist der Quinoa-Schwarze-Bohnen-Burger, und der ist auch gut, die ersten zehn Mal. Danach habe ich über Unwohlsein geklagt, den Burger liegen lassen und heimlich in der Küche ein Brot gegessen. Ich sehne mich nach Salami, aber es ist unmöglich, sie auf die Insel zu schmuggeln. Vor Joel war ich überhaupt nicht so auf Fleisch fixiert, aber als verbotenes und rares Nahrungsmittel ist es ein Objekt der Begierde geworden.

Joel fährt Fanni an, sie müsse essen. Es fällt ihm schwer, Fleisch auf dem Tisch zu ertragen, darum ist er während der gesamten Mahlzeit gereizt. Ich flüstere Fanni ins Ohr, wenn sie brav esse, würde ich zum Nachtisch Beerenquark machen, außerdem warne ich sie, dass Papa gleich böse werde. Eigentlich soll man nicht mit dem Nachtisch Anreize zum Essen geben, auch das ist eine von Joels Erziehungsregeln, die mir jetzt aber egal ist.

Fanni ist zu hungrig, um zu gehorchen, und stochert weiter nörgelnd im Essen. Bevor ich begreife, was passiert, packt Joel Fannis Teller und schleudert alles, was darauf ist, übers Terrassengeländer in die Himbeeren.

»Hier wird nicht übers Essen gemeckert, verdammt! Wenn das Filet nicht gut genug ist, dann ist mit dem Fleischessen jetzt ein für alle Mal Schluss, es ist sowieso vollkommen sinnlos und außerdem die sicherste Methode, die Atmosphäre zu zerstören«, schreit Joel.

Fanni fängt untröstlich zu weinen an, natürlich verspricht sie jetzt, ihr Filet brav aufzuessen, aber es ist zu spät, Joel marschiert ins Haus und knallt die Tür hinter sich zu. Ich nehme Fanni in den Arm und gebe ihr mein Fleisch, aber vor lauter Weinen kann sie nicht mehr essen. Ich verspreche ihr, heimlich Bratwurst zu kaufen und sie zu grillen, wenn Joel beim Fischen ist, eine echte Bratwurst, fragt Fanni, und ich sage, ja, eine ganz echte, eine, in der auch Käse drin ist und die Papa am allermeisten hasst. Fanni muss lächeln, sie isst brav mein Fleisch auf und vergisst die ganze Angelegenheit, so wie Kinder all das vergessen, was Erwachsenen nachts den Schlaf raubt.

Und so kommt es, dass es in diesem Sommer kein Fleisch mehr gibt, denn Joel ist ein Mann, der zu seinem Wort steht. Ich bitte ihn, aus dem Laden wenigstens eine Packung Bio-Hackfleisch mitzubringen, aber er ist unerschütterlich. Ich habe das Gefühl, dass er sich wegen etwas an mir rächt, bringe aber nicht die Kraft auf, mit ihm darüber zu diskutieren. Joel sucht den Streit, aber die Sache ist es nicht wert. Im Herbst wird Fanni im Kindergarten wieder Fleisch bekommen, und ich kann mein Steak außerhalb von zu Hause essen. Letzten Endes ist dies Joels Insel, und wenn Fleisch in seinem Öko-Paradies verboten ist, dann kann man wohl nichts dagegen tun.

EMMA

Ich mache meine übliche Tour mit dem Ruderboot, die Sonne scheint, die Kiefern auf den Inseln ringsum wiegen sich
leicht im Wind. Man könnte sich fast vorstellen, auf einem
See zu sein, wenn einem der salzige Geruch nicht unweigerlich das Wesen und die Tiefe des Meeres ins Bewusstsein
bringen würde.

In einer kleinen Bucht zwischen runden Felsen mache ich
halt. Die Algen auf dem Grund, die man Neptunbart nennt,
bewegen sich mit den Wellen. Zwischen ihnen blitzt etwas
auf. Ich schaue genauer hin, es ist ein kleiner Fisch, er erinnert an einen Embryo, und plötzlich ist mir schlecht.

Die Sonne blendet, ich sitze auf der Ducht im Ruderboot,
halte die Augen fest geschlossen, aber es gelingt mir nicht,
das Bild zum Verschwinden zu bringen. Ich spüre den vertrauten schneidenden Schmerz im Hinterkopf, ein anderes
Bild kommt mir in den Sinn, das ich kurz vergessen habe,
und im selben Moment erinnere ich mich an jemanden, der
vor langer Zeit verschwand.

An Mika. An Mika und unser Kind. Ich war einmal
schwanger, drei verwirrte und glückliche Monate lang, wir
hatten es nicht geplant, und es war trotzdem passiert. Mika
war ein Fotograf, den ich auf einer Dienstreise kennenlernte, wir waren ein Jahr zusammen, sporadisch, irgendwie aber
doch verliebt, wir trafen uns entweder unterwegs oder zu
Hause, auch wenn wir uns nirgendwo richtig daheim fühlten.
Die Wurzellosigkeit verband uns.

Wir planten keine Zukunft. Die Arbeit war unser Ein und Alles, und dazu passte kein Einfamilienhaus oder eine feste Adresse. Wir waren wild und frei, es hätte wohl etwas aus uns werden können, wir redeten lange und leidenschaftlich am Telefon über unsere Projekte. Mika dürfte von meinen Männern der einzige gewesen sein, der verstand, was ich machte und erlebte.

Eines Tages stellte ich fest, dass ich schwanger war. Sorglos machte ich einen Schwangerschaftstest, schließlich hatten wir immer verhütet, aber dann starrte ich stumm auf die zwei Striche. Ich rief Mika an, er hielt sich damals in Somalia auf, es knackte in der Leitung, und er verstand erst nicht, was ich sagte. Dann wusste er nicht, was er sagen sollte.

»Aha. Na, wir reden, wenn wir uns sehen«, sagte er und legte auf.

Ich wartete zu Hause auf ihn und das Kind, mein Bauch schwoll an, die Brüste wurden empfindlich, und ich wusste nicht, was mit dem Kind, mir und Mika geschehen würde. Ich lag wach und wartete auf ihn, hielt es für möglich, abtreiben zu lassen, falls Mika das wollte, schließlich war das Kind ungeplant.

Ich fuhr zum Flughafen, um ihn abzuholen. Unsere Umarmung war irgendwie künstlich und steif, Mika hatte ein verkrampftes Lächeln im Gesicht.

»Und, wie sieht es aus, ist es sicher?«, fragte er im Auto. Ich antwortete, ziemlich sicher, jedenfalls den Tests nach, ich müsste irgendwann zum Ultraschall, aber es ist nun mal passiert. Aus Versehen.

Mika machte mir keine Vorwürfe, freute sich aber auch nicht, er sagte, unsere Beziehung sei noch ziemlich am Anfang und er denke noch nicht an Kinder, falls überhaupt irgendwann einmal. Ein Mittelschichtsleben sei einfach nichts für ihn. Das verstand ich. Wir redeten nicht weiter darüber.

Im Verlauf der Wochen arrangierten wir uns, Mika streichelte im Vorübergehen meinen Bauch und sagte, man könne ein Leben nicht planen und schon gar nicht beenden, wir hätten zu viele Frauen gesehen, die bei Abtreibungen starben, auch Mädchen, Kinder noch, das komme nicht infrage. Ich war erleichtert und dachte, wir könnten eine Familie werden.

Ich ging zum Ultraschall, und alles war gut, das kleine Herz schlug, Mika war dabei und drückte meine Hand, diesmal war sein Lächeln echt. Wir vereinbarten, dass wir es noch niemandem sagten, wir teilten unsere Freunde und Verwandte noch nicht richtig miteinander, also machten wir mit unserer Arbeit und unseren Reisen nach dem alten Muster weiter.

In Woche 15 kam es zur Fehlgeburt. Die Blutung setzte einfach so ein, stark und schmerzhaft. Ich wusste sofort, was los war, auf dem Weg zum Arzt weinte ich.

Wieder rief ich Mika an und berichtete ihm, was passiert war, es tat ihm aufrichtig leid, ich weiß nicht mehr, in welchem Teil der Welt er sich damals aufhielt. Damit war unsere Beziehung zu Ende, Mika stellte am Telefon fest, dass wir sowieso nicht als Familie getaugt hätten, er klang erleichtert, und ich fragte mich, woher er das wusste. Wäre das Kind zur Welt gekommen, wären wir eine Familie geworden, in irgendeiner Form jedenfalls, und das Leben und das Kind hätten uns in eine überraschende Richtung verändert. Das tun Kinder unausweichlich, sie ändern die Umstände und die Menschen, und deshalb will man wohl auch Kinder haben.

Danach wurde ich nie wieder schwanger. Einmal begegnete ich Mika zufällig, als ich mit Fanni und Joel im Einkaufszentrum unterwegs war, er hatte drei Kinder und eine müde aussehende Frau dabei. Sie wohnten in einem Einfamilienhaus in Espoo, Mika arbeitete als Fotograf in einem großen Medienhaus – wie das Leben so spielt, schmunzelte er, und es war seltsam, ihn nach zehn Jahren als Mann mittleren Alters zu sehen. Er hatte mindestens zwanzig Kilo zugelegt, an den Schläfen wich das Haar zurück, und im Gesicht hatte er gleichmäßige Furchen. Er sah älter aus, als er war, wie ein gewöhnlicher Mann mittleren Alters, alles Rebellische war längst verschwunden.

Mika schaute Fanni an und lächelte, dann schaute er mich an, und ich sah in seinen Augen einen Schimmer von dem, was wir zusammen gehabt hatten – er wagte es nicht zu fragen, warum wir adoptiert hatten, schließlich glaubte er, dass ich Kinder bekommen konnte. Vielleicht hielt er Fanni für ein Weltverbesserungsprojekt, so wie es viele andere taten.

Damals dachte ich, dass ich kein Einfamilienhaus mit ihm gewollt hätte, aber die Erinnerung an das verlorene Kind tat immer noch weh. Auch so ein Leben, das sich nie erfüllt hat.

Ich öffne die Augen und blicke ins Wasser, der tote Fisch ist mit der Strömung davongetrieben. Mit langsamen Zügen rudere ich nach Hause, im Kielwasser des Bootes folgt etwas Schweres, etwas, das ich nie habe begraben können.

JOEL

So etwas wird zur Gewohnheit. Selektives Gedächtnis, verlogene Geschichten.

In der Anfangsphase unserer Beziehung redete Emma noch über ihre Arbeit: »Man muss lernen, sich zu entscheiden«, sagte sie. »Man muss sich für ein Ziel entscheiden und die anderen vergessen. Wenn ich ein Dorf verlasse und den Kindern verspreche wiederzukommen, weiß ich, dass ich vermutlich niemals an diesen Ort zurückkehren werde. Aber auch ein Versprechen gibt ihnen Hoffnung, es ist besser als nichts.«

Damals fragte ich sie, wie sie damit leben könne, und sie zuckte mit den Schultern. Sie dachte nicht, dass sie jemanden anlog, sie vergaß die Leute einfach, denn Mitleid konnte sie nicht retten. Einzig und allein Taten halfen den Menschen, und wenn sie wegging, versuchte sie immer zu denken, sie würde vielleicht doch noch einmal zurückkommen, sie redete es sich ein.

Einmal, als Fanni schon da war, kam Emma außergewöhnlich müde nach Hause und sagte, sie könne nicht mehr. Ich gab ihr ein Glas Wein und fragte, ob sie darüber sprechen wolle.

»Vielleicht redest du ausnahmsweise mal darüber, es könnte dir helfen«, sagte ich, und zu meiner Überraschung setzte sich Emma auf die Couch, starrte aus dem Fenster und fing an, von ihrer Reise zu erzählen.

Auf dem Mittelmeer sind Boote, sagte sie, es sind mehr

geworden. Sie war zum Fotografieren auf dem Schiff einer Hilfsorganisation gewesen, es sollte eine ganz normale Fahrt werden. Aber plötzlich waren sie auf dem dunklen Meer auf ein Menschenmeer gestoßen. Das Flüchtlingsboot war gesunken, und zwischen den Ertrunkenen trieben überall Menschen, die am Ertrinken waren und um Hilfe riefen. Einige hatten Rettungswesten, um die sie kämpften, und beim Versuch, an Bord des Schiffes zu kommen, drückten sich die Menschen gegenseitig unter Wasser. Die Helfer warfen Rettungsringe aus, sie bemühten sich, alle aus dem Meer zu holen, die noch durchhielten, und ließen die Rettungsboote zu Wasser.

Emma war mit in ein Rettungsboot gegangen, eine Frau hielt ihr vom Meer aus ihr Baby hin, und Emma schaffte es, das Kind auf den Arm zu nehmen, bevor die Frau in den Wellen verschwand.

Danach konnte Emma nicht weiterreden. Sie starrte nur auf ihr Weinglas und sagte, alles sei aussichtslos, es gebe keine Hoffnung mehr auf der Welt, alles werde immer nur schlimmer.

»Aber du hast das Baby gerettet«, sagte ich und streichelte ihre Hand.

»Ja, aber die Mutter ist zurückgeblieben«, stellte Emma fest, und es war schwer, darauf etwas zu erwidern.

Eine Woche später brach sie erneut auf, obwohl ich sie bat, zu Hause zu bleiben, sich eine andere Arbeit zu suchen, warum nicht in Finnland, etwas, das leichter auszuhalten war. Sie war mehrere Male ausgezeichnet worden, sie würde überall im Medienbereich einen Job finden. Sie stand im Flur und lächelte, sie sagte, sie habe alles schon vergessen, auch das Baby, das hoffentlich irgendwo in Sicherheit sei. Sie sagte, sie gehe in ein Dorf zurück, in das zurückzukehren sie versprochen habe und wo die Dinge jetzt besser stünden. Es gebe dort einen neuen Brunnen, sie würde eine Nachfolgereportage darüber schreiben, wie Hilfe ankomme und die Welt verändere.

Aus irgendeinem Grund glaubte ich ihr nicht. Ich hatte recht. Eine Woche später sah ich mir ihre Bilder im Netz an. Sie war in keinem Dorf, sie war wieder auf einem Schiff und fischte Menschen aus dem Meer. Selbst am Bildschirm betrachtet waren die Fotos schockierend. Ich verstand nicht, wie sie inmitten von alldem leben konnte.

Als sie wieder nach Hause kam, fragte ich sie, warum sie mich angelogen hatte. Wieder zuckte sie mit den Schultern: »Ich kann nicht mehr vergessen. Ich muss dorthin zurück, aber ich will nicht, dass du deshalb nachts nicht schlafen kannst. Besser, du und Fanni wisst nicht alles. Während du Fanni versorgst, versuche ich mich um die Welt zu kümmern«, sagte sie und lächelte, aber ihre Augen lächelten nicht mit.

Ich fragte sie, ob es nicht gefährlich sei, in jenen Gewässern seien doch auch Piraten unterwegs. Sie lachte.

»Gefährlich? Willst du wissen, was gefährlich ist? Gefährlich ist es, seine Kinder am Ufer zwischen fremden Menschen in ein vollgestopftes, leckes Boot zu packen, sie aufs Meer zu schicken und zu hoffen, dass sie irgendwo ein Zuhause finden.«

Ich wagte die Bemerkung, dass sie keine Helferin sei, ihre Arbeit bestehe aus etwas völlig anderem. Sie sagte, sie kenne den Unterschied nicht mehr, die Welt habe sich verändert und mit ihr die Arbeit.

Es war schwer, ihr zu verbieten, Menschen zu retten, nicht

einmal wegen uns. Aber Fanni hatte ihre Mutter schon einmal verloren. Es war durchaus angebracht zu hoffen, dass es kein zweites Mal passieren würde.

JOEL

Der Permafrost taut. Diesen Sommer kommt es endlich in den Nachrichten, Jahre zu spät. Der Permafrost ist ein Methanschlucker. Wenn alles Methan, das in Sibirien gespeichert ist, in die Atmosphäre gelangt, werden wir kaum überleben können. Die Chancen stehen schon jetzt schlecht, aber die Auswirkungen der Methanfreisetzung wagt man nicht mal in die Temperaturberechnungen miteinzubeziehen.

Emma taut ebenfalls. Sie versinkt immer tiefer in der Vergangenheit und lässt alles heraus, was sie im Lauf der Zeit in ihrem Innern gespeichert hat. Zum ersten Mal überhaupt spricht sie über ihre Mutter und ihre Kindheit, sporadisch, wie zu sich selbst.

Heute habe ich erfahren, dass sie einmal schwanger war. Es würde mich wütend machen, wenn ich nicht so müde wäre – all die Jahre und all die Ärzte, denen sie vorlog, nie schwanger gewesen zu sein.

Ich fragte sie, warum sie gelogen habe, und sie antwortete gleichgültig, sie habe sich damals einfach nicht daran erinnert. Sie habe die Fehlgeburt, den Mann und all den Schmerz, der damit verbunden war, vergessen. Ich glaube nicht, dass man so etwas vergessen kann.

Wenn ich die Kraft dazu hätte, würde ich sie nach weiteren Lügen fragen, eine Schwangerschaft ist eine große Sache und hätte die Prognose der Ärzte zu unserer Fruchtbarkeitsbehandlung ändern können.

Nach der Adoption ist Emma allerdings nicht schwanger

geworden, insofern hat sie vielleicht recht, es spielt wohl keine Rolle. Außer für mich natürlich.

Und die Sache mit den Geistern? Ist auch das gelogen, oder sieht sie die wirklich? Das will ich sie nicht einmal mehr fragen.

EMMA

Andy kommt zu Besuch. Er steht in seinem altbekannten schwarzen T-Shirt am gegenüberliegenden Ufer, starrt finster unter seinem schwarzen Pony hervor aufs Meer. Was will er von mir, auch noch nach seinem mutmaßlichen Tod? Er konnte nicht aufgeben, kann anscheinend immer noch nicht loslassen.

Von all meinen Männern war er der schwierigste und gefährlichste. Ich verliebte mich sofort in ihn, auf den ersten Blick, damals war er kahl geschoren und sah düster aus in seinen schwarzen Jeans und seinem schwarzen T-Shirt. Wir lernten uns in einer Bar in London kennen, er machte sich über mich lustig, ich mich über ihn, und eine Stunde später lagen wir in seinem Bett.

So etwas erlebt man nur ein Mal. Andy hatte eine schlimme Kindheit, Drogen und Kleinkriminalität als Teenager. Ein Sozialarbeiter aus dem Jugendhaus holte ihn schließlich aus der Gosse und besorgte ihm ein Schlagzeug. Andy fing an, darauf rumzuhauen, und gründete eine Band, die zwar nicht wirklich erfolgreich war, ihn aber vor den Drogen rettete. Er bekam ein Stipendium fürs Studium, lernte in null Komma nix Programmieren und landete in einem Mittelklasse-Job in der IT-Branche.

Er war von scharfer Intelligenz und auf die Art beschädigt, die Frauen immer anzieht. Ich blieb in seinem Bett, wir vögelten und stritten, wegen ihm stornierte ich zum ersten Mal in meinem Leben einen Auftrag und ein Flugticket, der Trip dehnte sich auf eine Woche aus, aber ich konnte nicht weg. Er ließ mich nicht gehen.

Es war magisch. Wir stritten und küssten uns abwechselnd, und ich hatte das Gefühl, in vollen Zügen zu leben. Ich glaubte, eine große Zukunft stünde mir bevor, ich war eine tragische Heldin und abhängig von einem schlechten Mann.

Schließlich musste ich zurück nach Finnland, er stand düster am Flughafen, sagte, er werde ohne mich sterben, zu Hause würde ich ihn sofort betrügen und ihn verlassen, so wie alle Frauen es getan hatten. Ich sagte etwas, das ich noch nie zu jemandem gesagt hatte: dass ich ihn niemals verlassen und vergessen würde. Auch das war eine Lüge, aber ich glaubte damals wohl selbst daran.

Als die Maschine landete und ich mein Handy einschaltete, war es voller Liebesbekenntnisse, gefolgt von Selbstmorddrohungen, weil er nicht ohne mich leben könne, und ich wusste, was er meinte: Ich würde auch nicht ohne ihn leben können.

Wir waren unter dreißig, so eine Idiotie war in unserem Leben noch möglich.

Er kam nach Helsinki, und das Chaos ging weiter, zuerst liebten wir uns, dann hassten wir uns, wir saßen bis zur Sperrstunde in Bars, tranken zu viel und kifften, und auf dem Heimweg stritten wir in diesem Zustand darüber, ob ich einen fremden Mann angeschaut hatte oder nicht.

Mit klarem Kopf verstand er alles, was ich sagte, und darum waren wir fähig, uns gegenseitig totzuärgern. Das taten wir auch.

Mehr als ein halbes Jahr blieben wir zusammen, obwohl ich wusste, dass diese Beziehung nicht halten und in etwas Reales übergehen konnte. Ich machte trotzdem weiter.

Ich weiß nicht, wer von uns beiden mehr durch den Wind

war, seine Ausraster und sein schlechtes Benehmen verzieh ich ihm aus einem Grund, den ich selbst nicht verstand. Vielleicht, weil ich das Gefühl hatte, aus vollen Zügen zu leben, als Heldin eines schlechten Films, deren Leben bedeutend und spannend war, voller unerwarteter Ereignisse, die es bei Andy in Hülle und Fülle gab, im Guten wie im Schlechten.

Nach einem halben Jahr war ich so müde und fertig, dass ich ihn absichtlich verloren gehen ließ. Ich sagte, ich ginge auf Dienstreise und würde nicht mehr zurückkommen, ich könne die Beziehung nicht fortsetzen, sonst würde ich endgültig kaputtgehen. Er war für eine normale Beziehung nicht gemacht, es war nur eine Frage der Zeit, wann er mich betrügen oder gewalttätig werden würde. Ich wusste selbst, dass Andy mich in seine seltsame, von Alkohol und Drogen durchdrungene Welt hineinziehen würde, in die ich nicht gehörte und in der ich nur eine neugierige Besucherin war.

Ich ging beruflich nach Asien, besorgte mir eine Geheimnummer und verschwand. Ich hatte Angst, er würde sterben, aber er starb nicht. Als ich einen Monat später nach Hause zurückkehrte, quoll mein Hausflur von seinen Briefen über – auf dem letzten Kuvert stand mit rotem Filzstift in seiner schwankenden Schrift: »*Please Emma, answer me.*«

Ich antwortete nicht, und es kamen auch keine Briefe mehr. Die Erinnerung an Andy verbarg ich unter meiner Arbeit und anderen Männern. Aber habe ich ihn vergessen? Wohl kaum. Ich schob ihn innerlich in ein Versteck, dorthin, wo auch meine Mutter war.

Manchmal, ganz selten, denke ich an Andy, wenn ich Joel anschaue, daran, wie unterschiedlich sie sind. Der Vergleich ist beiden gegenüber unfair. Wir waren selbstbezogene Kids, hatten keine Chance, verwechselten Leidenschaft mit Liebe.

Jetzt ist Andy tot. Ich erkenne es daran, wie er in seinen schwarzen Jeans am gegenüberliegenden Ufer steht und aufs Meer starrt. Ich glaube, er hat sich am Ende doch umgebracht, er redete immer davon, auch sein Vater hatte es getan, er idealisierte den Selbstmord, vielleicht sogar mehr noch als seine Intelligenz.

Sieht Joel dasselbe in mir? Er erträgt meine Schwäche nicht, er ist es gewohnt, dass ich stark bin und alles aushalte. An den Tagen, an denen ich es nicht schaffe, aufzustehen, schnaubt er und ist gereizt, als wäre ich absichtlich krank. Für ihn wäre meine Abwesenheit aufgrund von Reisen leichter zu ertragen als meine Abwesenheit wegen einer Krankheit.

Auch die Krankheit seiner Mutter ertrug er nicht. Wie ein Tier, das einen sterbenden Artgenossen meidet, der sich daraufhin aus der Herde zurückzieht, um das Böse mit sich zu nehmen. Nur der Mensch will die Herde um sich haben, er glaubt, das Leben gehe in denen, die zurückbleiben, weiter.

Vielleicht bin ich deshalb auf der Insel, weit weg von allen, außer von denen, die bei mir sein müssen, die ich nicht loslasse, sondern mitziehe. Was wird von uns bleiben? Ich ziehe ein schwarzes T-Shirt an und denke an Andy, an das, was wir vermeintlich hatten, an alles, was verschwand.

JOEL

Emma glaubt, dass ich von ihrem Kiffen nichts weiß. Natürlich weiß ich davon. Auf der Insel bleibt nichts verborgen.

Im Dorf redet man über uns, ferne Inselnachbarn rudern manchmal an uns vorbei, als wäre nichts, nicken uns von den Booten aus zu, versuchen, einen Blick auf Emma zu erhaschen. Es ist nicht normal für Städter, sich so auf einer Insel zu verschanzen. Die Frau sieht man nie. Die hatte ja diesen Unfall. Die ist nicht ganz gesund, ihr wisst schon.

Emma riecht oft nach Gras, immer öfter. Ich habe ihren Arzt gefragt, ob daher vielleicht die Halluzinationen kommen, aber er wählte seine Worte vorsichtig. Er könne nichts übers Kiffen sagen, es gehöre nicht zu seinen üblichen Behandlungsempfehlungen, doch als ich insistierte, ob es mehr nütze oder mehr schade, war er schließlich bereit, sich zu äußern: Alles, was die Schmerzen lindert, ist nützlich. Man kann Gefangener seines Schmerzes werden, das ist nach dem heutigen Stand der Forschung sehr schädlich und ein großes Hindernis für die Genesung.

Aber was, wenn man Gefangener seiner Erinnerungen wird? Ist das nicht noch schlimmer? Dazu nimmt der Arzt nicht Stellung.

Emma erzählt mir so gut wie nie von den Geistern, aber durchs Fenster sehe ich sie beim Abendspaziergang in die Luft sprechen. Das ist unheimlich und jagt mir kalte Schauer über den Rücken. Wen sieht sie da? Zu wem spricht sie? Und vor allem: Was sagt sie ihnen bloß?

Einmal erwähnt sie im Vorbeigehen, sie habe ihren alten Freund aus England gesehen, so einen von der selbstzerstörerischen Sorte. Der sei jetzt also tot, stellt sie nüchtern fest, als hätte sie eine Todesanzeige gelesen. Das kannst du doch nicht wissen, erwidere ich, und Emma begnügt sich damit, mich bloß anzuschauen und die Augen zu verdrehen. Natürlich wisse sie es, ihr Kopf habe plötzlich eine kosmische Antenne, die Informationen aus dem Jenseits auffange. Das würde sogar ich verstehen, wenn ich nicht so aufs Irdische beschränkt wäre.

Zum Teufel aber auch.

EMMA

Ich wollte den Menschen dort helfen, wo sie waren. Nach Fanni war ich mir dessen noch sicherer. Ich arbeitete in Ländern, wo es an jeder Straßenecke potenzielle Terroristen gab. Zumeist sah ich trotzdem nur normale Menschen, die versuchten, irgendwie weiterzuleben. Zu diesem Zweck entschieden sie sich manchmal für einen gefälschten Pass und eine Fahrt mit einem Schleuser über die Grenze.

Während meiner Elternzeit veränderte sich meine Arbeit plötzlich. Alles, was ich zu sagen hatte, musste in einen Tweet oder in zwei Links passen. In drei Fotos auf Instagram, in drei Sätze auf Facebook. Dazu ein Link zu längeren Geschichten, aber die las oder teilte so gut wie niemand. Es schien, als gäbe es auf der Welt ungefähr zweihundert Menschen, die Englisch sprachen und noch lesen konnten. Die Übrigen teilten meine Links, ohne sie auch nur zu öffnen. Das ließ sie wie denkende und intelligente Menschen mit sozialer Verantwortung aussehen, die besser waren als Trump-Wähler.

Der Arbeitsplatz, an den ich zurückkehrte, war ein anderer als der, den ich verlassen hatte. Lange Artikel interessierten niemanden mehr, jedes halbe Jahr wurde darüber diskutiert, ob die Zeitschrift der Organisation eingestellt werden sollte. Angeblich war sie altmodisch. Ich mag Altmodisches. Gründliche Recherche, Interviews mit den Menschen vor Ort, sorgfältig ausgewählte Bilder.

Früher hatte ich oft einen Fotografen aus dem jeweiligen Land engagieren dürfen. Jetzt galt das als überflüssig, als

»Überqualität«. Es genügte, dass ich mit meiner Handy-kamera unterwegs war und irgendetwas knipste, solange es authentisch und berührend war. Ich benutzte trotzdem eine Systemkamera, aber auch das wurde moniert, denn es verlangsamte den Publikationsprozess. Handyfotos reichen völlig, die kannst du direkt auf dem Handy bearbeiten, wenn es eilig ist, sagte ein Social-Media-Experte, der zwanzig Jahre jünger war als ich und mich nach der Elternzeit in die neue Welt einführen sollte. Ich glaube nicht, dass es bei ihm einmal irgendwo eilig war. Dennoch hatte man ihn ausgewählt, um mir zu sagen, wie man die Welt abbilden sollte.

Als ich mich über die Veränderung beklagte, durfte ich mir anhören, altmodisch zu sein. Man muss mit der Zeit gehen. Es liest ja auch keiner mehr Bücher, sagte eine ältere Kollegin. Die Jungen widersprachen und meinten, sie würden sogar richtige Bücher aus Papier lesen, das war fast schon hip und sagte erst recht etwas darüber aus, wie marginal auch die Literatur schon geworden war. Trotz ihres Papierhobbys starrten sie in der Mittagspause alle aufs Handy. Einer behauptete, er habe sich E-Books heruntergeladen. Ob er sie wirklich las, blieb unklar. Eine andere sagte, sie höre täglich Hörbücher. Einen Beweis gab es nicht.

Die Welt wurde immer gefährlicher und unechter. Die Technologie sollte uns einander näherbringen, aber dabei näherten sich die Menschen auf andere Art einander an als gewünscht. Die Terroristen kamen nach Finnland. Das musste passieren, natürlich, selbst wenn das Jahre zuvor noch niemand glauben wollte, als ich einen langen Artikel über IS-Kämpfer schrieb, die planten, sich in die skandinavischen Länder einzuschleusen (fünfunddreißig Mal geteilt).

Trotz meiner Klage durfte ich meinen Job behalten, weil

ich manchmal Erfolg hatte. In einem indischen Dorf, das überschwemmt wurde, machte ich ein Foto, das zeigte, wie ein lebendes kleines Kind vom Rücken seiner ertrunkenen Mutter genommen wurde. Das Mädchen war sehr schön, es schaute mit seinen großen Augen zufällig direkt in die Kamera, auf dem Foto ist es vollkommen ernst und nass, der Helfer watet bis zur Hüfte im schlammigen Wasser und hebt das Kind an den Achseln hoch. Noch liegen die Arme des Mädchens um den Hals der toten Mutter, aber es lässt bereits los.

Ich schrieb etwas Banales und Sentimentales unter das Bild: *»She has to let her go«*, und schämte mich.

Das Bild veränderte das Leben des Mädchens. Hunderttausend Likes auf Instagram. 50000 Dollar an Spenden für dieses eine Mädchen (und für niemanden sonst; es gab eine Spendergemeinschaft, die das Objekt ihrer Hilfe kennen wollte – und keinen Euro an jemand anderen oder an irgendwelche Organisationen, haben Sie das verstanden?), 75000 Dollar an eine Organisation, die sich in Asien gegen Überschwemmungen und Klimawandel einsetzte. In den sozialen Medien wurden die Metaphorik und die tiefe symbolische Vieldeutigkeit der Bildunterschrift gelobt: Auf wen wird Bezug genommen, muss die Mutter das Kind loslassen oder das Kind die Mutter? Ich bekam einen Bonus und das eingerahmte Foto, um es mir an die Wand zu hängen.

Als die Kollegen Hurra riefen und stehend klatschten, kam ich mir vor wie eine Schwindlerin. Die stinkenden Leichen, die um die Mutter und das Mädchen herum im Wasser trieben, hatte ich nicht fotografiert: Großmütter, Säuglinge, kleine Jungen, Familien, die sich aneinanderklammerten. So etwas wollte man nicht sehen, solche Bilder veröffentlichte man besser nicht. Das Material muss Optimismus wecken! Hoffnungsvolle Menschen spenden Geld, Pessimisten kaufen sich ein teureres Auto.

Ein kleines Mädchen wurde gerettet. Für dieses Kind floss das Geld, es wurde adoptiert, es bekam eine Schulbildung und die Chance auf ein neues Leben. Die anderen bekamen nichts.

Nach dem Applaus und der Übergabe des gerahmten Bildes ging ich zu meiner Chefin und sagte, ich wolle aufhören. Sie war wie vor den Kopf gestoßen, nach einem solchen Erfolg, internationale Zeitungen hatten nach mir gefragt, sie wollten mein Foto für ihre Social-Media-Kanäle kaufen.

»Aber auf welcher Grundlage entscheide ich, wen ich fotografiere?«, fragte ich meine Chefin. »Neben dem Mädchen gab es eine ganze erbärmliche Schar von Waisenkindern. Und weißt du, warum ich mich für das Mädchen entschieden habe? Weil es das süßeste von allen war und noch an seiner toten Mutter hing. Es stand unter Schock, konnte nicht einmal seinen Namen sagen und nahm mit niemandem Kontakt auf. Ich weiß nicht, ob das Kind das alles verkraftet, auch mit dem ganzen Geld, das ich ihm aus Versehen verschafft habe. Wie kann man mit solchen Entscheidungen leben? Sag es mir!«

Meine Chefin seufzte.

»Weil du trotz allem etwas Gutes tust. Du hast den Menschen dort geholfen, vergiss das nicht!«

Ich erzählte ihr, dass ich eines nicht vergessen konnte: einen kleinen, etwa fünf Jahre alten Jungen. Er stand in einiger Entfernung von uns im Schlamm und beobachtete, was ich tat. Nach dem Mädchen fotografierte ich auch den Jungen, sein Gesicht war voller Blut und Schrammen. Er sah aus wie ein schmutziges Straßenkind, und das war er bestimmt auch. Wie durch ein Wunder hatte er die Überschwemmung überlebt, aber er hatte niemanden. Er war schon so groß, dass er auf eigenen Beinen gehen konnte, die Helfer konzentrierten sich deshalb darauf, Säuglinge und Schwerverwundete aus dem Schlamm zu ziehen. Man nahm an, der Junge werde allein zurechtkommen, er durfte in die Gosse zurückkehren, aus der er gekommen war.

Ich machte ein Bild von ihm und schickte auch das an die Organisation, aber für ihn gab es keinen Platz. Das Mädchen mit der ertrunkenen Mutter war bewegender und schöner, der verwaiste Straßenjunge interessierte keinen. Die Organisation konnte von der Überschwemmung nur ein Bild zeigen, mehr ging nicht, es gab zu viele Katastrophen auf der Welt. Ein Foto pro Katastrophe, das war unsere aktuelle Regel. War ein wohltätiger Promi bei den Straßenkindern, durften es drei Bilder sein, sofern der Promi auf allen zu sehen war und seine Barmherzigkeit und Güte ausstrahlte.

Der Junge blieb zurück, im Schlamm, dem kleinen Mädchen wurde geholfen. Das Bild ist eine Ikone, hat man mir gesagt, großartige Arbeit, du hast das Mädchen gerettet, aber ich konnte an nichts anderes denken als an den verlorenen Jungen, der niemanden hatte, nicht einmal die Aufmerksamkeit der Welt.

Ich würde den Jungen nicht wiederfinden, selbst wenn ich zurückkehrte. Es gibt keine Rückkehr.

»Mach ein bisschen Urlaub«, sagte meine Chefin, »du hast es verdient, diese Reise hat dich eindeutig erschöpft. Und danach überlegen wir uns ein geeignetes neues Ziel, es müssen ja nicht immer Katastrophen sein, aber die Welt wartet jetzt auf deine Fotos, das sollten wir ausnutzen. Wir haben ein gutes Schulprojekt in Kenia, auch davon könnte man tolle Bilder machen, und in Kenia kennst du dich ja aus.«

Ich sagte, wie auch immer, es spiele keine Rolle. Ich gehe dorthin, wo ich hingeschickt werde, schreibe zwei Sätze darüber, manchmal wird jemand gerettet, manchmal nicht. So ist die Welt heute, morgen und in der Zukunft, nach der ich mich nicht mehr sonderlich sehne.

FANNI

Fanni springt nach der Sauna ins Wasser, und Großvater behält sie vom Steg aus im Auge.

Wie kommt das Plastik eigentlich ins Meer, warum
werfen die Menschen Müll hinein, will Fanni wissen.

Manchmal landet einfach der Müll von Stränden
oder Schiffen im Meer, aber manchmal wird er auch
absichtlich hineingeworfen, weil die Leute nicht verstehen, dass er nicht verschwindet, sondern unters
Futter von Fischen und anderen Meerestieren gerät.
Und von dort zurück in die Menschen, sagt Großvater
und watet zu Fanni ins Wasser.

Aber die Fische können doch den Müll nicht essen?

Einige Fische fressen ihn, aber es gibt auch Müll, an
dem Fische und Vögel ersticken. Auf jeden Fall gelangen die Gifte, die im Müll enthalten sind, in die Fische
und später in die Menschen, wenn sie Fisch essen.
Schau mal, was für eine schöne Muschel, nimmst du
die in deine Sammlung auf?

Ja, danke. Aber warum fischt Papa dann, wenn die
Fische giftig sind? Dann sollten wir doch gar keine
essen.

Genau darum essen wir auch nicht mehr jeden Tag
Fisch, so wie wir es gemacht haben, als ich noch ein
Kind war. Damals lebten wir den ganzen Sommer über
von Fisch. Jetzt essen wir mal Fisch und mal was anderes. Und hast du gemerkt, dass dir deine Mama

manchmal etwas anderes kocht, wenn sie Fisch essen? Dann findet sie, dass du keinen Barsch mehr essen sollst, eben wegen der Gifte.

Aber jetzt mag ich vielleicht gar keinen Fisch mehr essen, sagt Fanni und verzieht den Mund.

Fisch ist sehr gesund, wenn er nicht so giftig ist. Du kannst ohne Weiteres welchen essen, wenn du ihn so isst, wie deine Mama und dein Papa es dir sagen.

Also das mit den Fischen ist wirklich schwer zu verstehen, sagt Fanni und steigt aus dem Wasser. Wenn wir mit der Sauna fertig sind, mache ich mir nur Käpt'n-Käse aufs Brot und nichts von Papas Räucherfischpaste.

Abgemacht, sagt Großvater.

EMMA

Der Streit kommt so unausweichlich auf wie ein Gewitter nach der Hitze. Wir beschließen, eine saubere Stelle für Fanni zu suchen, sie möchte jetzt ins Wasser, da man endlich schwimmen kann, ohne zu frieren.

Ich packe Proviant und Handtücher ins Boot, Joel prüft die Windrichtung und versucht daraus zu schließen, wo man einen algenfreien Abschnitt finden könnte. Schließlich seufzt er und zuckt mit den Schultern.

»Machen wir uns auf die Suche. Ich kann nicht versprechen, dass es klappt, aber wir versuchen es. Du bist doch nicht enttäuscht, Fanni, wenn wir keine geeignete Stelle finden?«

»Nein«, sagt Fanni und hüpft fröhlich zum Ufer, und ich weiß, dass sie enttäuscht sein wird, wenn sich die Algenteppiche überall ausgebreitet haben sollten.

Wir fahren weit aufs offene Meer hinaus, auch dort ist es windstill, der Bootsmotor wühlt die Algenteppiche zu blaugrünem Schaum auf. Joel entdeckt schließlich eine kleine Inselgruppe, um die herum es etwas klarer aussieht. Im Wasser treiben weiterhin große Flocken, aber die Algen bilden keinen dicken Brei mehr.

Normalerweise ist es bei den weit draußen liegenden Inseln zu windig und zu kühl, aber bei diesem Wetter kann man leicht anlegen. Wir prüfen das Wasser und entscheiden, dass man darin vielleicht schwimmen kann, wenn man nicht mit dem Kopf untertaucht und wir Fanni anschließend mit Wasser aus dem Tank abspülen.

Wir gehen an Land, Fanni rutscht vom Felsen ins Wasser und achtet darauf, dass sie nichts in den Mund bekommt. Mir kommen wieder Kenia und der Pool in den Sinn, den Fanni so liebte. Wie groß sie schon ist und was für eine gute Schwimmerin. Sie ist mutig und schön, furchtlos ungeachtet dessen, wo sie ihre ersten Lebensjahre verbracht hat.

Ich breite die Picknickdecke und den Proviant aus, diesmal grillen wir nicht, sondern essen kalten Räucherfisch und Kartoffelsalat, bei dieser Hitze hat niemand Lust auf warmes Essen.

»Was ist das?«, fragt Joel und deutet auf das Einweggeschirr. Ich seufze.

»Das habe ich neulich im Laden gekauft. Wir haben nicht viel Wasser, und das Abspülen ist umständlich, da finde ich es durchaus angebracht, dieses eine Mal Einweggeschirr zu benutzen.«

»Verdammte Scheiße«, regt sich Joel auf. »Dafür gibt es überhaupt keinen Grund, ich bin doch sowieso derjenige, der abspült. Es geht ums Prinzip, auf der Insel werden keine Einwegsachen benutzt und Punkt.«

Ich versuche, mich zu beherrschen, aber die Wut kocht unweigerlich in mir hoch, vielleicht, weil ich wusste, dass sich Joel über das Einweggeschirr aufregen würde, aber hoffte, er wäre wenigstens dieses eine Mal flexibel. Vergebens. Ich schreie ihn an.

»Wann ist aus dir so ein verdammter Öko-Nazi geworden? Gut, dann essen wir von mir aus mit den Fingern, wenn die Welt davon zerstört wird, dass ich ein Mal einer Situation entsprechend vernünftig handle und mich nicht an die in Stein gemeißelten verdammten Prinzipien halte, von denen man nie auch nur ein bisschen abrücken kann!«

»Ach, Öko-Nazi«, schreit Joel zurück. »Denk mal ein bisschen darüber nach, welche Wörter du hier verwendest! Du bist ja eine tolle Weltverbesserin, glaubst du, du bist die Einzige, die Kinder rettet und mit ihnen mitleidet? In dieser Familie gibt es offenbar einen einzigen Menschen, der die Verbesserung der Welt für sich beansprucht, und neben solchen bedeutenden Heldentaten sind mein Mehrweggeschirr, mein Recycling, mein Ökostrom und meine Arbeit in der Schule natürlich gar nichts! Ich weiß auch ein bisschen was über Kinder, denen es schlecht geht, die blaue Flecke an den Oberarmen und montags Hunger haben, aber das ist so viel banaler und öder als die gefährlichen Einsätze gewisser anderer Leute! Du wiederum kannst dich nie an irgendwelche Regeln halten, für dich gibt es immer nur einen Tag nach dem anderen, ohne feste Abläufe und Vernunft!«

»Das ist immer noch besser, als so ein engstirniger Spießer zu sein, der meint, in allem immer recht zu haben! Und natürlich ist deine Arbeit wichtig, habe ich je was anderes behauptet? Du solltest wenigstens hin und wieder zuhören, wenn ich rede! Ganz Asien wirft seinen gesamten Plastikmüll direkt ins Meer, entschuldige bitte, wenn ich dachte, dass wir uns dieses eine Mal Pappteller erlauben, die man verbrennen kann. Sorry, wenn ich manchmal das Gefühl habe, dass wir bei manchen Dingen einen anderen Maßstab anlegen, weil du keine Ahnung hast, wie eine Müllkippe in Mumbai aussieht. Da gibt es keinen Biomüll. Und die Regeln auf dieser Insel sind die Regeln von dir und deinem Vater, niemand hat mich je gefragt, ob ich damit einverstanden bin! Welche Regeln ich möchte und womit mir das Leben leichter fallen würde! Kein Wunder, dass deine Mutter nie herkommen wollte!«

Nachdem ich mich ausgeschrien habe, merke ich, dass ich zu weit gegangen bin. Ich frage mich, ob ich es bereue. Ich bereue es nicht. All das denke ich schon so lange, habe aber nie etwas gesagt. Ich habe zu viel unausgesprochen gelassen. Ich bereue nur, dass wir vor Fanni Dinge herausschreien, die sie nicht hören sollte, wir verderben ihr die Freude und ihren Badeausflug. Sie steht auf dem Felsen, Wasser tropft an ihr herab, und sie wirkt erschrocken. Es fehlt nicht viel, und sie fängt an zu weinen.

Ich bekomme Mitleid mit ihr, und das Mitleid löst meine Wut auf, ich setze mich und bedeute Fanni, zu mir zu kommen. Sie rollt sich in ihrem Handtuch auf meinem Schoß zu einem kleinen Bündel zusammen.

Aber es ist zu spät, um Joel um Verzeihung zu bitten, er wirft das Essen in den Korb zurück, schleudert diesen ins Boot und fängt an, die Leinen zu lösen.

»Können wir das nicht vergessen und wegen Fanni bleiben? Essen wir eben vom Bootsgeschirr, das ist okay«, sage ich zu Joels wütendem Rücken und streichle Fanni.

»Nein«, erwidert der Rücken und schmeißt die Rettungswesten auf den Felsen. »Wir fahren, ich will mit dir nicht mehr hierbleiben.«

Und plötzlich erinnere ich mich, genau das zu Joel gesagt zu haben, bei einer Abreise, an einer Tür. Die Worte kehren deutlich in mein Bewusstsein zurück, als hätte ich sie erst gestern ausgesprochen: Ich will mit dir nicht mehr hierbleiben, wir sollten uns trennen, uns jemand anderen suchen, jemanden, mit dem wir nicht jeden Tag und über alles streiten müssen.

Aber habe ich das überhaupt gesagt? Oder nur die Tür ohne ein Wort hinter mir zugemacht? Danach habe ich nur noch ein graues Rauschen im Kopf, dazu schwarze Umrisse und einen Flughafen, an dem ich nicht sein sollte.

Ich traue mich nicht, Joel zu fragen, ob wir das Trennungsgespräch je geführt haben und was dann geschah. Zum ersten Mal bekomme ich den Flughafen zu fassen, die Situation, in der ich mich zuvor befunden hatte. Erst jetzt erinnere ich mich, zu dieser Reise aufgebrochen, aber nicht zurückgekehrt zu sein.

Mir wird schwindlig, ich nehme Fanni auf den Arm und hebe sie ins Boot, auf dem Heimweg sitzen wir still nebeneinander, ich möchte ihr gern einen neuen Bootsausflug versprechen, aber das geht nicht. Ich kenne Joels Gedankenwelt nicht mehr und weiß nicht, warum er so geworden ist. Ich weiß nicht, wie wir jetzt weitermachen sollen.

Wir dachten auf die gleiche Art, wir glaubten an die gleichen Dinge. Ab welchem Punkt bewegten wir uns in verschiedene Richtungen, ab wann hörten wir nicht mehr auf die Stimme des anderen, hörten wir nicht mehr zu?

Ich nehme nicht Joels Hand, bitte nicht um Verzeihung, wie ich es früher tat. Wir sitzen die ganze Fahrt über stumm da, Joel bringt uns zum Steg und sagt, er fahre mit dem Boot noch einmal zum Abendfischen hinaus. Das ist ein Vorwand, er hasst es, mitten in den Blaualgen zu fischen, aber ich sage nichts. Fanni fragt ihn nicht, ob sie mitkommen darf, und als wir auf der Terrasse unseren Picknickproviant essen, bitte ich Fanni um Verzeihung.

»Schon gut«, antwortet sie mit gesenktem Kopf, und ich denke, wir verdienen es nicht, wie Kinder ihren Eltern endlos verzeihen.

Ich möchte Fanni schwören, dass wir uns nicht mehr streiten und dass alles gut ist, aber so etwas kann ich ihr nicht versprechen. Ich fühle mich in die Ecke getrieben und bin müde, ich weiß nicht, wie ich hier herauskommen soll. Nichts mehr auf der Welt ist gut, und ich habe keine Ahnung, wie man das korrigiert.

JOEL

Ich sitze still im Boot, die Fische beißen nicht, und ich bekomme Emma nicht aus dem Kopf. Sogar das Meer hat sich gegen mich verschworen, es ist geräuschlos und breiig. Inmitten von Algenteppichen ist es schwer, sich zu entspannen und zu vergessen, dass ich in der Falle sitze.

Ich verstehe Emma einfach nicht mehr. Sie hat sich in einen Menschen verwandelt, den ich nicht kenne, und sich von allen Abmachungen und Rollen losgesagt, die in unserer Beziehung galten. Auch die Insel ist ihr nicht mehr gut genug, und das ökologische Leben ist zur Last geworden, obwohl es einmal das Fundament unserer Beziehung war: die gleiche Gedankenwelt und der Wille, sie zu teilen.

Bei Einbruch der Dunkelheit kommt mir ein Gedanke in den Sinn, den ich mir bislang nie eingestanden habe: Ein Kind macht die Beziehung kaputt. So denken viele, aber niemand gibt es zu. Wenn die ersten Kinder nach durchwachten Nächten, ermüdenden Kindergartenmorgen und Streitereien um Matschhosen die Paarbeziehung durchgescheuert haben, ist es leichter, zu gehen.

Diese Situation stand auch uns bevor. Ich weiß nicht, warum ich nicht gegangen bin. Vielleicht, weil ich nie das Gefühl hatte, dass die Liebe weg ist, und weil mir Fanni wichtiger war als mein Wunsch, in Frieden und Einverständnis zu leben.

Mitten in unserer Ehekrise fragte ich die wenigen Freunde, die sich nach der Kleinkindphase nicht getrennt hatten, warum sie mit ihrer Frau zusammengeblieben waren. Wegen der Kinder, antworteten fast alle. Lediglich einer verstand die Frage nicht und sagte verdattert: Na, weil ich Anna liebe, natürlich. Sie ist doch die Frau meines Lebens.

Einer meiner Freunde hatte also die vollkommene Liebe und die Frau seines Lebens gefunden. Der Rest hatte etwas anderes, das eventuell in ein paar Jahren zu einem harmonischen Zusammensein zurückführen würde, oder zu einer Ehekulisse, in der man nebeneinander sein eigenes Leben lebt oder bei der Scheidung landet, sobald die Kinder groß genug sind und eine Trennung mit weniger Anstrengung verbunden ist.

Aber sollte nicht gerade unsere Generation an die Liebe glauben? Schließlich durften wir uns frei entscheiden, wir mussten nicht wegen Schwangerschaften heiraten oder um zusammenwohnen zu können, wie damals unsere Eltern.

Die Liebe scheint die Freiheit nicht besser zu vertragen als den Zwang. Nach dem vierzigsten Geburtstag ging es chaotisch zu: Scheidungen, Gerichtsverfahren, tränenreiche Anrufe von betrunkenen Verlassenen bei sämtlichen Freunden, die noch den Nerv hatten, ans Telefon zu gehen. Wochenwechselkinder, die Freunde besuchen und das falsche Sportzeug eingepackt haben: Kriegt dein Vater nicht einmal das hin?

Meistens ist es die Frau, die geht. Wir Männer sahen uns veranlasst, darüber nachzudenken, warum. Was hatten wir so unwiderruflich falsch gemacht, dass sie abhauen mussten, in ein neues Leben, in die Freiheit, unabhängig davon, ob ein neuer Partner dazugehörte oder nicht? Manche hatten allerdings auch eine neue Partnerin, es schien, als hätten manche Frauen einfach genug vom männlichen Geschlecht, sodass die Beziehung zu einer Frau auf einmal der einzige Weg in die Freiheit darstellte.

Auch wir hatten eine Phase, in der ich instinktiv ständig damit rechnete, dass Emma ging. Dass sie nach einer Reise nach Hause kam, bloß den Koffer wechselte und erklärte, sie werde uns verlassen, weil sie einen interessanten Job am anderen Ende der Welt bekommen habe. Ich sah, dass sie daran dachte.

Warum entschieden wir uns für das Schweigen? Die verlassenen Männer warnten davor: Redet mit ihnen, verdammt, das ist das einzige Argument, das man je für die Trennung bekommt, dass man angeblich nicht rechtzeitig geredet hat. Redet! Über was, spielt keine Rolle, Hauptsache, ihr sagt oft genug, dass ihr sie liebt. Und fragt sie, was sie nervt, auch dann, wenn ihr am liebsten nur zur Tür hinaus und so weit wie möglich von eurer Familie weggehen würdet.

Ich habe über diesen Ratschlag lange nachgedacht. Umgesetzt habe ich ihn nie. Wir hatten keine Zeit zu zweit, und keiner von uns beiden wollte dafür sorgen, dass sich daran etwas änderte. Wenn der Kontakt einmal abgebrochen ist, braucht man einen vierwöchigen Paar-Retreat in den Tropen, um ihn wiederherzustellen, und es fragt sich, ob das reicht.

EMMA

Ich liege wach im Bett und überlege, ob ich meine Morgenschmerztablette schon nehmen kann. Wenn man in den frühen Morgenstunden mit Kopfschmerzen aufwacht, hat man keinen guten Tag.

Ich drehe mich zu Fanni um, streiche ihr vorsichtig über das drahtige, leicht verfilzte Haar. Sie muss wieder zum Friseur, das ist ein Grund, in die Stadt zu fahren. Ich habe einen afrikanischen Friseurladen entdeckt, in den ich mit Fanni gehe. Als wir ihn das erste Mal besuchten, war es, als hätten wir eine Seitenstraße in einer afrikanischen Kleinstadt betreten. Der Laden war voller schwarzer Frauen in engen Jeans und mit auffälligem Schmuck, eine prächtiger zurechtgemacht als die andere. Bei unserem Eintreten verstummte das fröhliche Stimmengewirr kurz, und alle sahen uns an. Dann fragte die Besitzerin, eine üppige, tiefschwarze Frau, die sich Dolly nannte, Fanni in gebrochenem Finnisch: »*Hello Baby*, was kann ich für dich tun?«

Wir wurden Stammkundinnen. Dollys Friseursalon war eine Zuflucht, die wir aufsuchten, wenn etwas Unschönes vorgefallen war. Manchmal gingen wir bloß hin, um die Haare zu waschen oder Verfilzungen zu lösen. Dolly schien zu verstehen, warum wir kamen. Niemand fragte, woher Fanni stammte oder ob sie mein Kind war. Stattdessen bewunderten alle ihre Haare, ihre Kleider oder ihren Nagellack. Dollys Schwester lackierte Fannis Nägel oft in allen Regenbogenfarben. Fanni liebte Dolly.

Zu ihrem Glück war Fanni nach westlichem Maßstab ein schönes Kind: In ihren Wurzeln steckte wahrscheinlich etwas Arabisches, und die veilchenblaue Nuance in ihren ansonsten dunkelbraunen Augen war vermutlich auf einen britischen Kolonialherrn zurückzuführen. Aber die Afrohaare waren echt und alles andere als europäisch. Ich wollte, dass sie stolz darauf war, anstatt sich dafür zu schämen. Meine dünnen Haare, die allmählich aschblond wurden, boten keinen Anlass zum Stolz.

Dolly verstand den Sinn des Spiels und strich mir oft im Vorbeigehen über die Haare: »Emma, Emma«, sagte sie kopfschüttelnd, »für deine Strähnen kann ich nichts tun. *It's impossible*, ganz schrecklich. Du müsstest eine Perücke aufsetzen, stimmt's, Fanni?«, lachte sie augenzwinkernd, und Fanni kicherte mit. »Aber dich machen wir wieder richtig schön«, fuhr sie fort und fing an, Fannis Haare durchzubürsten.

»Take her to Africa«, sagte Dolly einmal zu mir. *»She needs it, believe me. I know.«*

Ich nickte. Ich würde bloß Joel dazu bringen müssen, es ebenfalls zu verstehen.

FANNI

Mir ist langweilig, sagt Fanni zu Großvater.

So, so. Dann müssen wir uns etwas einfallen lassen. Gehen wir Kiefernzapfen fürs Lagerfeuer sammeln?

Keine Lust. Das ist blöd.

Wie wäre es mit Schwimmen?

Das geht nicht, am Ufer sind Blaualgen.

Ach so. Und wenn wir rudern gehen?

Da wird einem heiß, weil man nicht schwimmen kann. Wann fahren wir nach Hause?

Hast du Heimweh?

Ja.

Das entscheiden dein Papa und deine Mama. Vielleicht könntest du deiner Mama sagen, dass du Heimweh hast. Nach dem Sommer fahrt ihr auf jeden Fall nach Hause, und du wirst alle deine Freundinnen wiedersehen.

Wann ist der Sommer um?

Das dauert nicht mehr lange. Dann kommt der Herbst, es wird kalt und regnerisch, und dann ist es hier nicht mehr schön.

Ich will sofort nach Hause. Ich vermisse meine Freundinnen.

Aber wie wäre es, wenn wir vorher noch einmal nach unserer Pilzstelle schauen, ob vielleicht der erste Pfifferling des Sommers herausgekommen ist?

Fanni überlegt kurz und antwortet dann: Ja, das ist

eine gute Idee, gehen wir Pfifferlinge suchen. Danach können wir nach Hause fahren. Ich ziehe mir nur schnell meine Gummistiefel an, warte hier.

Ich rühre mich nicht vom Fleck, sagt Großvater.

EMMA

Eine Fliege surrt am Fenster, fliegt an der Scheibe auf und ab. Es ist warm im Zimmer, Fannis Haare kitzeln mich an der Stirn, sie atmet gleichmäßig. Mit halb geschlossenen Augen lausche ich dem Surren der Fliege, ich warte darauf, dass ich davon einschlafe. Dann frage ich mich, ob ich sie hinauslassen und retten soll, so wie Großvater immer alles rettet.

Ich schaue auf die schlafende Fanni und denke wieder einmal darüber nach, wer wohl die Frau war, die sich an ihre Geburt erinnerte, an das erste Weinen, das erste Saugen und Säuseln an der Brust. Gab es Verwandte, die sich fragten, wo das Kind war, ob es lebte und sich in guten Händen befand oder ob es vor Hunger und Einsamkeit umgekommen war.

Als Fanni zu uns kam, saß ich abends immer neben ihr, sie trat mit ihren kleinen Beinen zwischen die Bettgitter und wälzte sich unruhig hin und her. Ich streichelte ihre Füße, die noch glatte, runde Sohlen hatten, und dachte daran, dass ich Fannis erste Schritte nicht gesehen hatte. Ich hielt ihren schönen goldbraunen Fuß in meiner bleichen Hand, und mir kam der Gedanke, dass ich selbst die falsche Farbe hatte, oder eigentlich farblos war, eine genetische Mutation, die sich durch Anpassung an die kalten, unwirtlichen Gegenden von der eigentlichen, ursprünglichen Färbung der Menschheit, die Fanni repräsentierte, wegentwickelt hatte.

Fanni trug ein Minnie-Maus-Nachthemd, auf dem zig Minnies mit rosa Schleifen auf dem Kopf übertrieben lächelten, und erst da kapierte ich, dass Minnie schwarz war. Daisy war weiß, und ich hatte Fanni nie Daisy-Klamotten gekauft, immer nur Minnies. Wie bunt die Welt mit Fanni geworden war und wie mein Unterbewusstsein meine Entscheidungen lenkte, ohne dass ich es merkte. Durch Fanni war ich sensibler und intuitiver geworden, aber so geht es wohl allen Müttern.

Fanni hatte von früher noch die Angewohnheit, vor dem Einschlafen alle Menschen aufzuzählen, die sie lieb hatte: Mama, Papa, Großvater, sagte sie sofort, als sie lernte, mit ihrer weichen Wisperstimme zu sprechen, Mama, Papa, Großvater, und das tut sie immer noch, wenn sie einschläft, das ist ihr Abendgebet. Im Kinderheim hatte man ihr beigebracht, abends zu beten, und wir setzten diesen Brauch zu Hause fort. Manchmal war ich traurig, weil es in ihrer Welt nur drei liebe Menschen gab, aber drei waren mehr als in ihrem Heimatland, wo es keinen einzigen gegeben hatte. Drei genügten. Drei waren mehr, als diejenigen hatten, die im Kinderheim blieben, die niemand zu sich holen wollte.

Hätte ihre leibliche Mutter sie jetzt sehen können! Wie viel gäbe ich für eine Nachricht, in der ich ihr mitteilen könnte, dass alles gut ist, Fanni wird geliebt, sie ist bei anständigen Menschen und in Sicherheit.

Durchs Fenster sehe ich Wellen ans Ufer schlagen, im Hintergrund höre ich ihr leises Rauschen. Die Fliege ist verstummt. Fanni atmet. Ich hebe den Kopf, suche die Fliege. Sie ist tot, liegt auf dem Rücken auf dem Fensterbrett. Alles dauert nur einen Moment. Nur die Wellen hören nicht auf, sie tragen Gegenstände, Plastik, Bretter, Schrott, Leichen, Insekten und Tüten ans nächste Ufer oder zu Strudeln zusammen. Alles bewegt sich im Kreis, wir landen dort, wo wir nicht hinwollen, und ein sauberes Meer wird es nie wieder geben.

JOEL

Emma spricht wieder davon, in ein anderes Land zu ziehen. Sie ist nicht bereit, die Insel zu verlassen, aber sie will weg aus Finnland, als wäre im Ausland alles automatisch besser. Eigentlich sollte sie wissen, dass es so nicht ist.

Unser Dauerstreit seit Fannis Ankunft dreht sich um die Frage, wann man mit ihr nach Afrika reisen sollte. Ich bin der Meinung, erst nach der Pubertät, und das empfiehlt auch die Adoptionsstelle. Erst wenn sie versteht, worum es geht, kann sie die richtigen Fragen stellen und alles, was sie sieht und erlebt, verinnerlichen. Ein kleines Kind würde eine solche Reise nur verwirren. Am wichtigsten ist es, Fanni in Finnland zu verwurzeln, aber darüber sind wir von Anfang an komplett unterschiedlicher Meinung gewesen. Emma findet, am wichtigsten sei es, aus Fanni möglichst bald eine Weltbürgerin zu machen, weil ihre Zukunft ohnehin nicht in Finnland liege.

Auch über diesen großen Meinungsunterschied hätten wir wohl vor der Adoption reden müssen, aber alle entscheidenden Fragen kommen mit dem Kind und aus heiterem Himmel. Wir konnten uns ebenso wenig wie biologische Eltern auf die Veränderungen einstellen, die ein Kind mit sich brachte. Ein Kind ist ein Kind und immer ein großes Mysterium, unabhängig davon, woher es kommt, ob aus dem Bauch oder per Flugzeug aus einem anderen Land.

Und woher will Emma überhaupt wissen, wo Fannis Zukunft liegt? Selbst wenn sie eine Weltbürgerin wird, braucht sie ein Zuhause, einen Ort, an den sie zurückkehren kann.

Die Welt wandelt sich, Finnland wird internationaler, es gibt bereits ganze Stadtteile, in denen es schwierig ist, einen einzigen Menschen mit blauen Augen zu finden. Wir sollten Fanni entscheiden lassen, sie ist Finnin, und das müssen wir unterstützen, die Welt kann sie auch später noch kennenlernen.

Aus demselben Grund war ich damals gegen den englischen Sprachklub, zu dem Emma Fanni brachte. Fanni konnte ein bisschen Englisch, als wir sie bekamen, und Emma wollte, dass die Sprachkenntnisse aufrechterhalten wurden. Für sie war es geradezu fahrlässig, Englisch in Vergessenheit geraten zu lassen, während ich mich eher darauf konzentriert hätte, ein gutes Finnisch zu fördern.

»Wozu braucht man in der Welt Finnisch? Für gar nichts«, schnaubte Emma. »Finnisch ist überhaupt eine nutzlose Sprache, man müsste Chinesisch, Französisch oder Hindi können.«

All das bereitete Fanni insgeheim darauf vor, was Emma wollte: auf einen Umzug ins Ausland. Schließlich hörten wir auf, darüber zu reden, weil es jedes Mal im Streit endete. Ich hatte nicht vor, wegzuziehen. Emma wollte nicht bleiben. Fanni konnten wir nicht halbieren. Also spielten wir auf Zeit und warteten ab, bis der Zufall die Sache für uns entscheiden würde. Ich selbst hoffte, dass sich alles ändern würde, wenn Fanni in die Schule ginge. Dann würde sie selbst nirgendwo hingehen und ihre Freundinnen verlassen wollen. Emma wiederum war sich sicher, dass man Fanni in der Schule mobben und ich spätestens dann meine Meinung ändern würde.

Aber sie begreift nicht, wie es in der Schule heutzutage zugeht. Wenn gemobbt wird, wird eingegriffen, in jeder Klasse gibt es ein dunkelhäutiges Kind, meistens zwei. In manchen

Klassen gibt es sogar überhaupt keine anderen Kinder mehr. Die Welt hat sich gewandelt, und Finnland mit ihr, Emma ist nur nicht bereit, das zu sehen.

EMMA

Joel plant einen Besuch in der Stadt. Das ist nicht ganz einfach, denn wir haben noch immer kein Auto. Für Tagesfahrten leiht er sich Börjes Wagen gegen eine geringe Gebühr aus. Man kann auch mit dem Zug fahren, aber bis zum Bahnhof ist es ein langer Fußweg.

Einmal brachte ich die Kraft auf, mit Joel über die Anschaffung eines Autos zu diskutieren. Eine besonders unangenehme Busfahrt gab den Anstoß. Ich war mit Fanni auf dem Weg zur Bibliothek. Neben uns saß eine sympathisch wirkende, ganz normale alte Frau, die plötzlich fragte: Habt ihr keine Angst, dass eine Terroristin aus ihr wird?

Ich fragte zurück, Entschuldigung, wie bitte, anstatt ihr ins Gesicht zu schlagen, und sie machte eine Kopfbewegung in Fannis Richtung: Weil sie doch bestimmt Muslimin ist.

Einen Moment lang saß ich bestürzt da, die anderen Fahrgäste klebten an den Fensterscheiben, niemand sagte auch nur aus Versehen ein Wort, schlug sich auf unsere Seite, schaute uns wenigstens an.

Ich fixierte die Frau mit tödlichem Blick, Fanni blickte auf ihre Füße, sie wusste ebenso wenig, was eine Muslimin ist, wie andere dreijährige finnische Mädchen auch.

»Sie ist Finnin und gehört keiner Kirche und keiner Religion an. Die einzige Terroristin in diesem Bus sind Sie«, sagte ich. Ich drückte Fannis Hand und plauderte für den Rest der Fahrt mit ihr, wir hatten nicht die Absicht, vorzeitig auszusteigen, denn wir mussten uns für nichts schämen.

Zu Hause sagte ich Joel, ich wolle ein Auto. Einen Hybrid oder ein Elektroauto, irgendwas möglichst Ökologisches, Hauptsache, ich müsse nicht mehr im Bus sitzen. Joel hielt die Vorstellung für absurd, wir bräuchten kein Auto. Wenn wir zum Sommerhaus fuhren, mieteten wir eines beim City Car Club, und das funktionierte zweifellos gut und sparte viel Geld. Man musste sich keine Gedanken über Parkplätze, Inspektionen oder den TÜV machen. In der Stadt benutzten wir beide das E-Bike, und Joel fuhr damit auch zur Arbeit.

Ich hatte nie ein Auto gewollt, aber das hatte sich jetzt geändert. Joel gab nicht nach. Auch bei dieser Entscheidung wogen ökologische Gründe schwerer als meine Bequemlichkeit. Ich sagte ihm, dass die Busfahrten unerträglich geworden seien, wollte aber nicht erklären, warum, wenn Fanni zuhörte. Wie es seine Art war, spielte er alles herunter, behauptete, ich sei eine überempfindliche Hysterikerin, die ihre eigene Bequemlichkeit mit dem legitimiere, was für Fanni gut sei. Ich war so gekränkt, dass ich zur Arbeit ging.

Manchmal frage ich mich, ob solche alten Frauen und auch andere Leute, die einem etwas hinterherrufen, nur aussprechen, was unsere Bekannten ebenfalls denken. Alle engen Freunde sind natürlich überaus korrekt und lieben Fanni aufrichtig. Ich glaube, dass die meisten von ihnen noch nicht mal mehr an ihre Hautfarbe denken, außer vielleicht gelegentlich.

Die gedankenloseste Frage, dich ich einmal von Bekannten zu hören bekam, war, ob es mich nicht störe, dass ich Fannis Geschichte nicht kannte. Ich hätte am liebsten zurückgefragt, ob es sie nicht störe, dass sie die Geschichte ihrer Kinder kannten: die Wirrköpfe in der Verwandtschaft, die finnischen genetischen Krankheiten und Entwicklungsstörungen, das »aus Versehen« zu viel getrunkene Glas und der berufliche Stress zu Beginn der Schwangerschaft.

Natürlich machte ich mir anfangs viele Gedanken über Fannis Geschichte und Erfahrungen, vor allem in Kenia. Als wir nach Finnland zurückkehrten und sie Finnisch lernte, dachte ich immer weniger darüber nach. Satz für Satz wurde sie immer mehr unser Kind. Er war rührend, wie sie unsere Wörter und Sätze nachplapperte und unsere Mienen nachahmte. Joel sagte oft, Fanni habe meinen Gesichtsausdruck.

Tag für Tag bauten wir mit Fanni eine gemeinsame Geschichte auf, aber so machen es wohl alle mit ihren Kindern. Wer weiß schon, was ein Neugeborenes denkt oder was aus ihm wird?

In meiner Verwandtschaft gab es keine Gene, die ich besonders gern weitergegeben hätte. Aber es wäre schön gewesen, wenn Fanni meine Eltern kennengelernt hätte. Das war das Einzige, das mich traurig machte. Wir waren beide Waisen.

Fanni hatte Gaben, die ich nicht hatte. Joel spielte Gitarre, als wir uns kennenlernten, er hatte immer eine Ukulele dabei, die er abends vor dem Zelt auspackte. Er spielte und sang überraschend gut, er war eben doch der Sohn seiner Mutter, musikalisch gegen seinen Willen.

So musikalisch, dass er auch Sänger hätte werden können, wenn er gern anderswo als vor einer Schulklasse aufgetreten wäre. Die Musik verband ihn mit Fanni, denn Fanni war auf eine Art musikalisch, die man bei weißen Kindern so gut wie nie sah. In der musikalischen Früherziehung versuchten die anderen Kinder mit ihren dünnen Stimmchen ein Lied zu summen, und wenn sie auch nur ein bisschen und im falschen Takt zur Trommel der Lehrerin zuckten, klatschten ihre Eltern begeistert in die Hände. Wenn Fanni mit kräftiger Stimme anfing, fehlerfrei mit der Lehrerin zu singen, verstummten die anderen. Dabei wiegte sie sich in den Hüften und schwenkte die Arme und Beine exakt im Takt der Musik, sie steckte die anderen Kinder damit an, und nach der ersten Irritation lächelten auch die Eltern und klatschten mit, die meisten nicht im Takt.

Ein Stereotyp. Das musikalische schwarze Kind. Aber was konnten wir dafür? Vater und Tochter sangen abends mit Gitarrenbegleitung alles Mögliche, finnische Volkslieder, internationale Pop-Songs, was auch immer. Fanni war alles recht, wenn sie nur singen und tanzen konnte.

Joel spielte seine Gitarre für Fanni, nicht für mich, das machte mich manchmal sogar ein bisschen eifersüchtig. Ich war überhaupt nicht musikalisch. Ich konnte an ihren Sessions nicht teilnehmen, aber ich war glücklich, dass wenigstens Joel imstande war, mit Fanni zu musizieren, dass die Musik als Erbe aus ihrer Heimat in ihr weiterleben konnte, auch hier, in der Permafrostregion, wo alle Kirchenlieder in Moll waren und falsch gesungen wurden.

Joel kaufte sich Bongos und übte so lange, bis er mit Fanni zusammen trommeln konnte. Fanni war begeistert, bei der Musik brauchte man keine Wörter und keine neue Sprache, sie war Joels und Fannis nonverbale Art, zu kommunizieren und einander noch besser kennenzulernen.

Ich sah dabei eine neue Seite an Joel und dachte, auch ich hätte so sein müssen. Ich hätte mitsingen und mitspielen sollen, anstatt nur im Hintergrund zu bleiben und zuzuhören.

Joels Mutter hätte aus Fanni eine Starsängerin machen wollen. Vor ihrem Tod beschwor sie uns, gut für Fannis Musikerziehung zu sorgen.

»Kinder werden, was sie nun mal werden. Fanni darf selbst entscheiden«, erwiderte Joel unwirsch auf die Bitte, und seine Mutter sah mich appellierend an.

Damals war sie schon so müde und schwach, dass sie nicht mehr widersprechen konnte. Der Krebs raubte ihr den Kampfeswillen, er war der einzige Kontrahent in ihrem Leben, der sie je besiegte. Den anderen hatte sie sich nie gebeugt.

Ich komme immer wieder auf seine Mutter zurück. Sie ist stets um uns, auch wenn sie sich in Asche und schwierige Erinnerungen verwandelt hat, so stark war sie.

Was für einen Einfluss hat die abwesende Mutter auf Fanni? Der Mensch, von dem sie nichts weiß und der sie nur einen flüchtigen Moment im Arm halten konnte.

Bin ich lediglich ein dürftiger Ersatz, das Bild einer Mutter, ein Mensch, der sein Kind versorgt und am Leben hält, es aber nicht wirklich versteht? Wird Fanni ihre Wurzeln vermissen, wird sie den fehlenden Teil suchen, den Menschen und den Erdteil, ein ganzes Leben, wie es hätte sein können?

Wäre etwas anders, wenn sie in mir drin gewesen wäre?

Gelangen wir jemals in jemanden hinein?

JOEL

Emma glaubt immer, alles habe mit meiner Mutter zu tun. Das stimmt nicht. Das größte Problem ist wahrscheinlich, dass ich nicht einmal weiß, was alles mit meiner Mutter zu tun haben soll. Gibt es latente Probleme oder Mutter-Traumata, von denen ich selbst nichts weiß? Möglicherweise. Aber wenn sie mich nicht stören, kann man ja wohl auch nicht von einem Problem sprechen.

Emma ist anderer Meinung. Wenn es ihr mit Fanni einmal zu schwer wurde und wir müde und gereizt waren, hätten wir ihrer Ansicht nach zur Paartherapie gehen sollen.

Was wir nie taten. Ich glaube nicht an Psychotherapie, Paartherapie, Gruppentherapie, Ergotherapie, Engeltherapie oder sonstige Formen des Abkassierens für Gequatsche, das meine Eltern früher verrückt gemacht hat. Psychotherapie und Engeltherapie gehören in dieselbe Kategorie. Sie sind, mit einem Wort, sinnlos.

Wenn es Probleme gibt, redet man darüber. Und zwar mit dem Menschen, mit dem man die Probleme hat. Nicht mit einem Fremden, der mit dem Kopf nickt und sagt, was man selbst wüsste, wenn man sich traute, ehrlich mit sich zu sein.

Für so etwas zu bezahlen, ist schlicht und einfach gegen alle meine Prinzipien. Und weil ich nicht daran glaube, hätte es auch nicht funktioniert.

Stattdessen hätte Emma allein zum Arbeitspsychologen gehen und über ihre Arbeit reden können, weil das ein Thema ist, über das man mit Amateuren oder Außenstehenden nicht sprechen kann. Aber sie hat es nicht getan. Anstatt das zu behandeln, was tatsächlich im Argen lag, erfand sie Probleme, die wir nicht hatten, und wollte mit jemandem darüber reden.

Absurd. Als ich dazu nicht bereit war, hatte es wieder – Überraschung, Überraschung – mit meiner Mutter zu tun.

Über meine Mutter gab es nichts zu reden. Sie war, was sie war, und änderte sich nicht, sie hatte mich auf ihre Art geliebt und ihr Bestes getan. Das war nicht viel, aber immerhin etwas.

Mein Vater hat mich großgezogen. Wenn man die Wurzel der Probleme suchen wollte, musste man auf meinen Vater schauen.

Emma fand es wohl irgendwie bedauerlich, dass es hinter meiner Herkunft und meiner Persönlichkeit kein großes Mysterium und kein verborgenes Geheimnis gab. Ich war ganz normal. Ich wollte normal sein. Das auszuhalten fiel ihr wirklich schwer.

EMMA

Ich liege mit Fanni in der Hängematte und kitzle ihre Zehen. Sie kichert voller Begeisterung, will immer mehr. Auf der Insel albere ich viel zu wenig mit ihr herum. Meine Kräfte reichen auch dafür nicht aus, ich muss laute Geräusche meiden, sogar das Juchzen meines eigenen Kindes verursacht Kopfschmerzen.

Früher habe ich oft herumgeblödelt, ich war die Alberne in der Familie. So jemand ist wichtig, auch wenn Joel das nicht immer zu glauben schien.

Ich war selten mit Fanni allein, zu selten, das begreife ich jetzt. Wenn wir es einmal waren, konzentrierten wir uns aufs Spielen, bauten Höhlen unterm Tisch, machten mit den Stofftieren ein Picknick im Schlafzimmer. Joel achtete mehr auf Disziplin als nötig. Ich wusste nie, welche Reise meine letzte sein würde, und wollte, dass sich Fanni an meine Freude erinnerte.

Allerdings glaubte ich nie wirklich, dass die letzte Reise kommen würde. Die wenigsten von uns sterben. An den gefährlichsten Orten befanden wir uns in unserer westlichen Schutzhülle, hinter verschlossenen Toren, in gepanzerten Fahrzeugen, bewacht, begleitet, abgeschirmt von dem, was für die Einheimischen Alltag war. Das war absurd und unmoralisch, in jeder Hinsicht ungerecht, aber so war das System aufgebaut. Die Organisation verlangte es so, sie wollten keine Geiselnahmen und keine Todesopfer, sie wollten nicht mit unschönen Dingen in der Öffentlichkeit stehen. Das

Leben des westlichen Menschen war am wertvollsten, wertvoller als das der anderen. Angesichts des Todes jedoch ebenso wertlos.

Um all das auszugleichen, was Fanni schon bei ihrer Geburt erfahren hatte und was sie in der Zukunft in diesem Land erleben würde, wollte ich ihr beibringen, dass das Leben ein glückliches Abenteuer war. Mir ist immer noch nicht klar, wozu Joel seine ganzen Regeln brauchte – wahrscheinlich, um seine Welt zusammenzuhalten. Wir waren beide als Kind nicht sonderlich umsorgt worden, dennoch entwickelten wir uns in entgegengesetzte Richtungen. Ich hoffte nur, Fanni würde zu einem eigenständigen Menschen heranwachsen dürfen, aber ich wusste nicht, wo das am ehesten möglich sein würde.

Ich wollte einfach nur mein Kind beschützen. Und wenn ich auch nur einen Moment innegehalten und nachgedacht hätte, hätte ich verstanden, dass allein das wichtig war.

EMMA

Der Kühlschrank macht wieder schlapp. Er ist über Nacht aus gewesen, die Nahrungsmittel haben Zimmertemperatur. Es ist zu heiß, der Kühlschrank ist zu voll und zu kalt eingestellt, ohne dass wir es gemerkt haben, hat sich der Akku entladen. Joel meckert wegen der Kühlschrankregeln und ist zornig, weil wir Milchprodukte wegwerfen müssen. Seiner Meinung nach sollten wir ganz auf Milch verzichten, die ganze Menschheit müsste auf Kühe verzichten, meint er, denn letztlich zerstörten Kühe die Erde, und das stimmt. Doch was zerstört die Erde mit ihren fast acht Milliarden Bewohnern nicht? Vielleicht sterben wir alle an Milch, falls uns die Sintflut nicht vorher vernichtet, sage ich laut, als ich die Joghurtbecher über dem Kompost auskratze, aber Joel kann darüber nicht lachen.

Joels Ausbruch hat Fanni erschreckt, sie sagt, sie brauche keine Milch mehr, sie möge auch Hafermilch, und ich erwidere, die gebe es im nächstgelegenen Laden nicht, aber gut, verzichten wir auf alles, trinken wir nur noch Wasser. Essen wir Fisch und Kartoffeln, morgens und abends Haferschleim, so hat man doch auch früher gelebt, das alte Modell. Joel funkelt mich wütend an, sagt aber nichts mehr.

Mit Fanni kam ein neuer und größerer Kühlschrank auf die Insel. Das war das Erste und Einzige, worauf ich bestand. Ich wollte nicht, dass Fanni eine Lebensmittelvergiftung von verdorbener Milch bekam, und schon gar nicht von dem Fleisch, das Joel wegen Fanni widerwillig in unseren Einkaufstaschen tolerierte, immer nur eine Packung Bio-Hack-fleisch auf einmal.

Großvater war mir zuliebe einverstanden, und so kaufte Joel einen weiteren Sonnenkollektor. Ein Gaskühlschrank wäre die einfachere Lösung gewesen, aber Joel wollte, dass alles mit Sonnenenergie lief. Er installierte die Kabel selbst, doch im ersten Sommer ging etwas schief, der Kühlschrank rumpelte in regelmäßigen Abständen laut und ging dann normalerweise aus.

Joel lud die Akkus mit dem Generator auf, um dem Kühlschrank mehr Strom zu geben, und fluchte. Mir war es egal. Ich sagte ihm, so ist das moderne Öko-Leben nun mal, wenn ihr keinen grünen Strom aus der Steckdose haben wollt. Joel erwiderte auf seine typische Art, grüner Strom sei ein Bluff, den sich Werber ausgedacht hätten, in Wirklichkeit gebe es so etwas gar nicht. Die einzige grüne Alternative bestehe in dem, was wir auf der Insel umsetzten: ein eigenes kleines Windrad und drei Sonnenkollektoren, die so viel Strom produzierten, wie wir brauchten. Mit der Steckdose kämen Elektroherd, Mikrowelle, Halogenspots und Fernseher, und dann könne von einem vernünftigen Stromverbrauch keine Rede mehr sein. Für einen Moment klang es so, als redete ich mit Großvater und nicht mit Joel, aber ich hatte verstanden: keine Annehmlichkeiten auf der Insel. Öllampen mussten reichen.

Auch ein schlecht funktionierender Akku-Kühlschrank ist besser als der Erdkeller, den Joel und Großvater hartnäckig weiterhin benutzten. Im folgenden Sommer installierte Joel dickere Kabel, und der Kühlschrank lief meistens ohne Probleme.

Wir haben stets das Gemüse und das Obst im Erdkeller aufbewahrt. Diesen Sommer habe ich aufgehört, hineinzugehen. Einmal wollte ich ein paar von den Bio-Eiern holen, die wir auf der Nachbarinsel gekauft hatten, und plötzlich spürte ich, dass jemand hinter mir war.

Ich hatte recht. In der Ecke kauerte eine Gestalt, vielleicht ein Kind, im Dunkeln konnte ich es nicht genau sehen, aber ich ließ die Eier fallen, rannte hinaus und schlug die Tür hinter mir zu. Damals war ich die Geister noch nicht gewohnt, aber in den Keller will ich nicht mehr gehen. Ich lasse auch Fanni nicht mehr hin, und Joel holt kopfschüttelnd täglich die Kartoffeln und das Gemüse. Für seine Größe ist der Erdkeller unbequem, aber es hilft nichts. Er ist der Einzige von uns, der dort nur Lebensmittel sieht. Fanni hat Angst vor Mäusen und weigert sich deshalb, alleine hineinzugehen. Joel ist wahrscheinlich auch der Einzige, der nie vor etwas Angst hat.

JOEL

Derjenige, der verlassen wird, hängt immer an der Vergangenheit. Das habe ich von meiner Ex gelernt. Darum will ich auch nie wieder etwas von ihr hören. Ich habe meinen Freunden verboten, über sie zu reden, auch wenn ihnen etwas zu Ohren gekommen war. Seltsamerweise funktionierte es, unsere Leben hatten sich voneinander getrennt, und ich erfuhr nichts darüber, wie es ihr und dem neuen Mann erging.

Ich hatte nicht einmal an sie gedacht, bis jetzt, hier auf der Insel. Was ich denke, ist, dass ich nicht verlassen werden will, lieber verlasse ich Emma, als dass ich darauf warte, dass sie geht. Vielleicht hat sie recht, vielleicht hat meine Mutter doch einen Einfluss, einen, den ich selbst nicht verstehe. Sie ließ mich als Kind immer allein, ständig, ich weiß noch, wie ich ihr manchmal hinter der verschlossenen Tür nachweinte. Darum beanspruche ich Fanni wohl auch für mich, damit sie Emma nicht so vermissen würde.

Und Emma hat auch damit recht: Ich entziehe ihr Fanni, ich tue es verstohlen und unmerklich, manipulativ, wie meine Mutter damals meinen Vater und mich manipulierte.

Ich will nicht, dass Emma uns verlässt. Ich käme ohne sie nicht klar, das weiß ich. Ich sage ihr selten, dass ich sie liebe, meine Mutter gab leeres Zeug über die Liebe von sich, darum rede ich nicht davon. Aber ich will vor Emma sterben, keinen Tag ohne sie leben, das ist die größte Form und das größte Geständnis meiner Liebe. Ich sagte es ihr, als wir heirateten: Bis dass der Tod uns scheidet. Damals lachte sie nur, für sie lag der Tod fern, sie war nahezu unsterblich, voller Hoffnung und Liebe und Freude, sie hatte eine Aufgabe, die Welt retten, und wollte sie erfüllen.

Heute kann ich das nicht mehr behaupten. Der Tod ist uns nahe gekommen, es gibt kein Entrinnen mehr, er liegt in ihrem Wesen, in ihren müden Augen, in der Leere, in die sie starrt und aus der der Tod zurückstarrt.

EMMA

Großvater sagt immer, der Mensch habe auch etwas Gutes zustande gebracht: Die Seeadler sind wieder da. Er ist ein ewiger Optimist und behauptet, ein Wandel sei möglich, die Natur könne sich erholen, wenn der Mensch beschließe, Korrekturen vorzunehmen. Man sehe es an den Adlern, sie seien doch nicht ausgestorben, obwohl nicht viel gefehlt habe.

Seeadler sieht man viele in diesem Sommer, sie machen die kleineren Vögel nervös, und manchmal attackieren sie die Adler mit unglaublicher Kraft und vertreiben sie auf diese Weise. Einmal wird ein solcher Kampf zwischen Möwen und einem Adler sogar über unserem Esstisch auf der Terrasse geführt. Noch nie habe ich einen Adler von so nahe gesehen. Als er vom Kreischen und von den Attacken der Möwen genug hat, steigt er einfach in die Höhe auf und gleitet mit erhabener Gleichgültigkeit davon. Es ist ein schöner Raubvogel.

Eines Abends sehe ich zwei Seeadler gleichzeitig. Der eine sitzt auf der nahe gelegenen Nachbarinsel, der andere auf unserer Insel in einem Baumwipfel.

Da sitzen sie, stolz und einsam, ein Adler schaut in die eine, der andere in die andere Richtung. Sie sind sich der Anwesenheit des anderen bewusst, schauen sich aber nicht einmal aus Versehen an. Ich weiß nicht, ob es Männchen oder Weibchen sind und was sie vorhaben, ob sie ihr Revier abstecken oder ob sie sich mit dem Ende des Sommers trennen.

Als sie eine Weile hartnäckig in unterschiedliche Richtungen geschaut haben, ohne sich umeinander zu kümmern, gibt der Adler auf der Nachbarinsel auf, er schwingt sich in die Höhe und fliegt imposant davon, weit aufs Meer hinaus, bis er als kleiner Punkt hinterm Horizont verschwindet. Der andere Adler blickt ihm nicht nach.

EMMA

Auf der Insel hat man das Glück, niemanden einladen zu können. Wir haben nicht genügend Platz, in Großvaters Haus könnte eine kleine Familie gerade so unterkommen. Bevor Kinder da waren, luden wir gelegentlich noch Freunde zu Besuch ein, aber nach den Kindern hörte es auf. Niemand war scharf auf enge, feuchte Räume ohne Annehmlichkeiten. Das sind wir geworden: Bequemlichkeitsmenschen.

Manchmal machen Freunde, die segeln, bei uns halt, aber der Steg ist für ein Segelboot zu klein, weshalb auch sie nicht über Nacht bleiben. Joel plante ursprünglich, eine Boje ins Wasser zu lassen, an der man ein Boot festmachen kann, aber es ist stets beim Plan geblieben. Großvater war nicht sonderlich darauf aus, Besuch auf der Insel zu haben, und unterstützte Joels Vorhaben nicht.

Das Einzige, was sich Joels Mutter jemals für die Insel gewünscht hatte, war ein beheizbares Badefass. Sie hasste den rauen Seewind, der hier, abgesehen von ein paar Sommerwochen, rund ums Jahr bläst. Noch mehr hasste sie das kalte Meerwasser, sie sagte, sein salziges Stechen vertrage sich nicht mit ihrer Haut, erst recht nicht, seitdem das Meer so verschmutzt sei. Sie befürchtete, vom Meerwasser Rheuma zu bekommen, und weigerte sich darum, schwimmen zu gehen. Wegen mir kam sie ein paarmal auf die Insel, sie dachte, in mir hätte sie bessere Gesellschaft zum Trinken als in ihrer Familie, und so war es auch. Wir tranken immer zwei Flaschen Rotwein auf der Terrasse, und sie erzählte aus ihrem

Leben und ihrer Kindheit im Landesinneren, wo das Wasser in den Seen weich war und nie ein kalter Wind wehte.

Angeblich mochte sie nicht einmal Helsinki. Die Stadt war ihr zu eisig. Im Sommer fuhr sie immer zu den Opernfestspielen nach Savonlinna, um ihre Freunde aus Musikerkreisen zu treffen.

Mit meiner Hilfe äußerte sie noch einmal den Wunsch nach einem Badefass, aber Großvater weigerte sich weiterhin. Er war ein sanftmütiger Mann und versuchte normalerweise, Großmutters sämtliche Bedürfnisse zu erfüllen, aber auf der Insel gab er nicht nach. Ein Badefass verbrauchte seiner Meinung nach zu viel Holz und verschmutzte mit seinem Rauch die Luft, für Großvater war es eine der dümmsten und überflüssigsten Erfindungen der Gegenwart. Bei der Gelegenheit nahm ich an ihm einen Hauch von Joels Sturheit wahr.

Die Einsamkeit der Insel machte es auch mir am Anfang schwer, mich wohlzufühlen. Ich hätte gern große Partys gefeiert und viele Gäste eingeladen, ein Krebsessen im August veranstaltet und einen Mittsommertanz auf dem Bootssteg. Aber hier ist kein Platz für Gäste und Fremde.

Jetzt bin ich damit zufrieden, ich will niemanden hier haben. Noch immer bin ich die Touristin und die Städterin, aber allmählich genieße ich wie die Schärenbewohner das einfache Leben und die Einsamkeit. Ich erkenne meine Freunde nicht mehr, weiß nicht mehr, worüber ich früher mit ihnen gesprochen habe. Auch sie kennen mich nicht, wissen nicht, worüber sie reden sollen, achten auf ihre Worte, als wäre ich schon tot. Lieber schaue ich auf den Seeadler, einsam und stolz hoch am Himmel, weit entfernt vom Erdboden, auf dem wir uns wie kleine Spielsteine bewegen und auf unserem Weg alles zerstören, womit wir in Berührung kommen.

EMMA

Diesen Sommer regnet es überhaupt nicht. Der Brunnen trocknet aus, und Joel hat einen Vorwand, Trinkwasser aus dem Laden zu holen, denn auf den Saunaofen darf man kein Meerwasser gießen. Das Gras vertrocknet, die wenigen Birken haben gelbe Blätter, und es gibt kein Regenwasser für die Kräuter.

Ich erinnere mich an Dörfer, in denen das Wasser jeden Tag in mehreren Kilometern Entfernung zu Fuß geholt wird. Das in Krügen transportierte Wasser ist braun und trüb und wäre hier nicht einmal als Spülwasser geeignet. Aber dort trinken es die Kinder gegen den Durst, weil es sonst nichts gibt, keinen Saft mit dem Strohhalm und keinen Becher mit Milch, und so sterben sie am Trinkwasser.

Unser Wassermangel ist ein Mangel de luxe. Auch diesen Sommer weht an mehreren Tagen ein starker Wind, aber er bringt keinen Regen. Anfang Juli haben wir zwölf Grad und Nordwind, Fanni spielt draußen in der Winterjacke, ich selbst liege drinnen unter der Daunendecke, und Joel flucht über den Brennholzverbrauch, weil wir abends Feuer im Kamin machen müssen. Er sagt, die Nachrichten seien voller Klagen über die kalten und stürmischen Sommer, aber mir fehlt die Energie, die Nachrichten zu verfolgen, sie berühren mich nicht mehr. Einen Nachrichtenwert hat das Ganze ohnehin nicht: Genau das habe ich zusammen mit anderen schon vor Jahren zu sagen versucht, als man noch etwas hätte unternehmen können.

Der Klimawandel bringt nicht nur Hitze mit sich. Er bringt auch Unsicherheit, Unvorhersehbarkeit, stürmische, kalte Sommer, zu milde Winter und wochenlang anhaltende Regenfälle. Aber wir wollen nichts davon wissen. Wir wollen einen kleinen Klimawandel, einen, der die Sommer schön warm macht und uns hübsche Pflanzen und Schmetterlinge aus dem Süden beschert.

Jetzt, da die Hitze endlich hier ist, wird auch darüber geklagt. In den Zeitungen, die Joel gegen meinen Widerstand aus dem Laden mitbringt, wird der Wassermangel überzeichnet. Früher versuchte ich selbst, Nachrichten über den Klimawandel zu lancieren, jetzt will ich darüber nichts mehr lesen.

Worte ändern nichts, nicht mehr. Die Zeit, in der man die Entwicklung hätte aufhalten können, ist vorbei. Wir sitzen auf einem Karussell, das sich immer schneller dreht, sind verzückt vom Geschwindigkeitsrausch und glauben, wir könnten abspringen, wenn uns schlecht wird. Doch niemand kommt davon. Wir werden alle ertrinken, einer nach dem anderen, oder wir werden zu Tode gebrutzelt, so wie Joels Barsche in der Pfanne.

JOEL

Emma verwechselt die Jahre. Diesen Sommer ist es nicht besonders kalt gewesen, das war letztes Jahr. Damals hatte es im Juli gerade mal siebzehn Grad, und wegen des Windes fühlte es sich noch kälter an. Den ganzen Sommer ist das Meer keine zwanzig Grad warm geworden. Ich berichtige sie nicht, was würde das nützen. Ebenso wenig habe ich Lust, mich in ihre Halluzinationen einzumischen, die werden nicht weniger, wenn man sich darüber lustig macht. Emma friert oft, darum glaubt sie, der Sommer sei kälter als normal. Sie sitzt erst jetzt im Freien, nachdem es richtig heiß geworden ist.

War es vielleicht ein Fehler, sie überhaupt mit in die Schären genommen zu haben? Hätten wir uns besser ein kleines rotes Häuschen im Landesinneren mieten sollen, an einem kleinen, warmen See, wie es sich Emma manchmal erträumt hat? Ich würde mich dort nicht wohlfühlen. Emma schon. Erst jetzt überlege ich, ob ich mehr an Emma hätte denken müssen, an das, was sie wollte und sich wünschte, was sie manchmal zu sagen versuchte. Sie gab wohl nach, weil ich ihre anspruchsvolle Arbeit und die Reisen akzeptierte und weil ich es gewohnt war, vor der Klasse Anweisungen zu geben und zu bestimmen, und es auch dann tat, wenn es gar nicht meine Absicht war.

Ich blieb auch stur dabei, dass wir uns kein Auto anschafften, obwohl Emma darum bat. Dabei haben wir auf der Insel ein Motorboot. Ich rechtfertige es damit, dass ein Motorboot in den Schären notwendig ist, aber ebenso gut könnten wir die Insel aufgeben und uns ein Segelboot kaufen. Würde ich unerschütterlich an meinen Prinzipien festhalten und ökologisch leben wollen, würde ich nicht Motorboot fahren.

Weniger Essen wegwerfen, ohne Plastiktüten auskommen, vegetarische Ernährung, Flugreisen kompensieren, Sonnenenergie. Das sind die Themen, die ich meinen Schülern eintrichterte und an die wir uns in unserem Leben zu halten versuchten. Und dann kommt ein Mann daher und kündigt das Klimaabkommen auf.

Was spielen meine verdammten Plastiktüten da noch für eine Rolle?

Meine Prinzipien bröckeln. Ich kann sie vor mir selbst nicht mehr so gut begründen wie zuvor, Emmas Unglück überlagert sie, so wie auch alles andere. Wegen Fanni muss ich es weiter versuchen, aber was habe ich ihr schon zu bieten: eine Insel des Jüngsten Gerichts, auf der sie autark leben kann, wenn die Welt ringsum untergeht. Wer kann so etwas wollen?

FANNI

Fanni und Großvater verbrennen Abfall.

Bestimmt der Mensch oder das Gehirn, woran man sich erinnern muss, fragt Fanni.

Na ja. Das, was einen Menschen ausmacht, wohnt da oben im Gehirn, darum kann man das nicht so leicht beantworten, meint Großvater. Aber es ist schon der Mensch, der bestimmt. Andererseits behält das Gehirn nicht unbedingt das, woran sich der Mensch erinnern möchte.

Ich kann mich an nichts mehr in Afrika erinnern, obwohl ich es möchte.

Auch ich kann mich an meine frühe Kindheit nicht mehr erinnern. Von der Babyzeit bleiben einem keine Erinnerungen. Wirf doch mal die nächste Milchtüte ins Feuer!

Warum nicht?

Vielleicht ist das menschliche Gehirn zu dem Zeitpunkt noch nicht weit genug entwickelt. Es ist wichtiger, sich an die späteren Zeiten zu erinnern.

Manchmal habe ich einen Traum, in dem vielleicht meine afrikanische Mutter vorkommt. Aber ich bin mir nicht sicher, weil ich mich nicht an sie erinnere.

Ja, so ist das, sagt Großvater und schürt das Feuer.

Was war vor dem Universum, fragt Fanni wenig später.

Das weiß man nicht genau. Manche sagen, da war

gar nichts, nur Leere, aus der das Universum entstand.
Andere sagen, zuerst war Gott da, und der hat dann
die Welt erschaffen. Aber kein Mensch kann das mit
Sicherheit wissen. Es ist gut, dass es auf der Welt Dinge
gibt, die man nicht wissen und an die man sich nicht
erinnern kann.

Glauben wir an Gott?

Ich glaube an Buddha und daran, dass alles auf der
Welt wiederkehrt. Dein Papa und deine Mama glauben
nicht daran. Du kannst sie selbst fragen, woran sie
glauben.

Ich glaube, dass ich ans Universum glaube.

Das Universum gibt es allerdings, wir bewegen uns
die ganze Zeit darin.

Aber auch das kann man nicht sehen.

Eigentlich nicht, aber immerhin sehen wir die Sonne,
den Mond und die Sterne.

Wann ist wieder Meteoritennacht?

Schon bald, im August.

Juhu, dann darf ich wieder aufbleiben!

Genau. Vielleicht sehen wir dann richtig viele Stern-
schnuppen.

Und dann darf man sich was wünschen. Ich wün-
sche mir, dass ich nach Afrika fahren kann, wenn ich
groß bin.

Das ist ein guter Wunsch. Lass uns reingehen, bevor
uns kalt wird.

EMMA

Ich liebte Afrika. Aber ein Schatten hat sich über meine Erinnerungen an Afrika gelegt. Ich möchte mit Fanni nach Kenia fahren, aber gleichzeitig weiß ich, dass ich es nicht kann. Es fehlt ein Teil vom Gesamtbild, das muss zuerst geklärt werden.

Auf der Insel denke ich über viele Dinge nach, auch über solche, an die ich nicht denken will.

Kirk, zum Beispiel. Will ich an ihn denken?

Er war ein südafrikanischer Pilot, weiße Haut, schwarzes, grobes Haar, schwarze Augen. Fast zwei Meter groß, ein Körper wie eine griechische Statue.

Die Piloten waren die Schlimmsten. Sie hingen während ihrer Zwischenstopps in Europa in Bars herum, damals war meine Arbeit noch nicht so beschwerlich, sondern neu und spannend, sie hinderte mich nicht daran, zu feiern, wenn sich die Gelegenheit ergab. Vielleicht war sogar das Gegenteil der Fall, es war leichter, sich alles, was man gesehen hatte, aus dem Kopf zu feiern. Vor Fanni und Joel gelang mir das noch.

Ich war mir sicher, dass mein Schicksal einmal ein ausländischer Mann, eine unbekannte Stadt und exotische Ferne weit weg von zu Hause sein würde. Ich hatte auch kaum Gelegenheit, finnische Männer kennenzulernen, oder sie liefen nebenbei mit, in einem Trubel aus diversen Fernbeziehungen. Aber die Fernbeziehungen endeten stets, fest stand immer nur, dass das mit der Entfernung nicht funktionierte. Ich organisierte meine Flüge ein paarmal nach dem betreffenden Mann, dann wurden die Mails weniger, er ging nicht mehr ans Telefon, oder ich schlug selbst vor, wir sollten es vergessen, *it's too complicated*. Und das war es auch, jedes Mal.

Kirk. Wegen ihm wäre ich vielleicht nach Südafrika gezogen, aber das war nicht das, was er brauchte, ich bin nicht einmal sicher, ob er zu Hause bereits eine Freundin oder Ehefrau hatte, wahrscheinlich schon. Die meisten Piloten hatten eine.

Wieso fällt er mir jetzt ein? Fliegt er noch immer über schlafende Städte hinweg, ist er mit einer Flugbegleiterin verheiratet, oder hat er mit dem Fliegen aufgehört und ist Arzt geworden, wie er es angedroht hatte? Wohl kaum, er war nicht besonders intelligent. Jedenfalls glaube ich das, aber vielleicht kannte ich ihn nicht gut genug, wir sind nie über Small Talk hinausgekommen, obwohl ich oft in seinen Armen aufgewacht bin, immer in einer anderen Stadt, aber immer in den gleichen billigen Hotels.

Als Kirk mit der Zeit aufhörte, meine Nachrichten zu beantworten, dachte ich, ich will auch gar nicht mehr. Die Welt ist voller Männer, und von mir aus können sie bleiben, wo sie sind, keiner von ihnen braucht mich, und schon gar nicht für immer. Joel kam im richtigen Moment. Niemand hätte geglaubt, dass ich mich am Ende mit einem gewöhnlichen Lehrer in Finnland niederlasse.

Es war so einfach, dass ich fast Schuldgefühle hatte: Man musste nicht nach einer gemeinsamen Sprache suchen oder witzige Dinge auf Englisch sagen, auch wenn ich praktisch fast zweisprachig war und auf Reisen oft auf Englisch dachte. Aber als Joel schließlich nach einer Ewigkeit sagte, er liebe mich, fühlte sich das anders an als die sorglosen, dünnen I-love-yous, die man in jedem Terminal hören kann.

Joel meinte, was er sagte. Auf diesem Satz konnte man ein ganzes Leben aufbauen.

Er sitzt neben mir auf der Terrasse und bastelt an der Angel herum, deren Schnur sich verknotet hat. Konzentriert starrt er auf die Angelrute, ich streiche ihm über das schon etwas dünner gewordene, weiche Haar und denke, dass ich mich vor zwanzig Jahren niemals hier gesehen hätte. Joels Kleidung braucht man nicht aus Angst vor einer anderen Frau zu durchsuchen oder zu beschnüffeln, auch das ist viel wert, gerade jetzt, selbst wenn nichts passiert, unser Leben stillsteht, vor Kurzem hätte ich noch gesagt, in eine Sackgasse geraten ist.

Ich will nicht weiter an Kirk denken. Etwas verbindet sich mit ihm, ein schwarzer Rand, den ich nicht zu fassen bekomme. Ich sitze neben Joel, nehme seine Hand und fühle mich in Sicherheit. Nicht zuletzt deswegen habe ich mich wohl für ihn entschieden, nicht wahr? War es nicht so?

JOEL

Letzten Herbst rief Emma weinend zu Hause an, und ich war sofort besorgt. Normalerweise weinte sie nicht wegen ihrer Arbeit. Sie erzählte wirr und schluchzend, am Tag zuvor sei ein ehemaliger Freund von ihr als Pilot in einen Terroranschlag geraten und in der abgeschossenen Maschine ums Leben gekommen. Angeblich sei es nicht wichtig, und der Mann habe ihr auch nie etwas bedeutet, sie weinte, weil sie den Mann gekannt hatte und weil so etwas überhaupt passieren konnte.

Ich ahnte, dass ihr der Mann doch wichtiger gewesen war, als sie zugab. Ich fragte sie, ob sein Tod sicher sei, sie sagte, ja, im Netz sei ein Foto veröffentlicht worden, und der Vorname stimme überein, Kirk irgendwas, der Nachname war kompliziert, ich verstand ihn am Telefon nicht. Emma hatte vor mir viele ausländische Männer gehabt, und ich gab mir Mühe, mir nichts daraus zu machen, aber die wohlbekannte schneidende Eifersucht regte sich dennoch. Ich wollte, dass sie sofort nach Hause kam. Da stellte sich heraus, dass sie gar nicht an dem Ort war, den sie vage als Reiseziel genannt hatte, sondern in einem ganz anderen Land, in einem, in dem es gefährlich war und in das ihre Chefin sie geschickt hatte.

Sie hatte mich angelogen und war trotz Fanni in ein gefährliches Gebiet geflogen. Wir hatten eine Abmachung. Sie hatte sie gebrochen. Machte sie sich überhaupt noch etwas aus uns, oder dachte sie ausschließlich an sich, an neue Länder, an Spannung, Abenteuer, nach denen sie sich zu Hause selbst auf die Schulter klopfen und sich einbilden konnte, etwas wirklich Notwendiges für die untergehende Menschheit getan zu haben?

Ich spürte die Wut in mir aufschäumen, aber Emma stand so unter Schock, dass ich mich beherrschte. Ich beschloss, ernsthaft mit ihr zu reden, wenn sie wieder zu Hause war, und sie vor eine Wahl zu stellen: die Arbeit oder die Familie. Ich wollte nicht mehr nachts wach liegen und Angst um sie haben, vor allem Angst um Fanni. Ich wollte mir keine Sorgen mehr machen, dass Fanni auch ihre zweite Mutter verlieren würde. Würde Emma nicht einen weniger gefährlichen Job annehmen, wäre es besser, sich zu trennen. Es lag auf der Hand, dass unsere Wertewelten zu weit voneinander entfernt lagen und Emma nicht verstand, was für eine Verantwortung mit dem Muttersein verbunden war.

In meinem Kopf kam wieder die Eifersucht hoch, die ich schon in den Hintergrund geschoben hatte: Was log Emma mir sonst noch vor? Mit wem war sie eigentlich unterwegs? Am Anfang unserer Beziehung hatte ich einen HIV-Test verlangt, weil ich wusste, dass Emma auch mit afrikanischen Männern zusammen gewesen war. Sie verbarg ihre Kränkung und sagte, ja klar, natürlich, sie setze einen solchen Test bei einem Freund auch voraus. Irgendwann später fragte ich im Scherz, ob ich davon ausgehen könne, dass nach ihren Afrikareisen keine HIV-Tests mehr nötig seien.

Emma wurde wütend, schaute mir fest in die Augen und sagte, sie sei nicht meine Mutter.

Meine Mutter und ihre Liebhaber. Manchmal bereute ich es, Emma davon erzählt zu haben. Ich wusste, dass ich ihr vertrauen musste und dass sie das Vertrauen verdiente. Die Eifersucht war mein Problem, nicht Emmas, sie gab mir keinen Anlass dazu. Aber das Lügen änderte alles. Die Eifersucht im Zaum zu halten, setzte vollkommene Ehrlichkeit voraus, und Emma wusste das.

Ich ging über Kirk hinweg und sagte Emma am Telefon, sie solle sofort nach Hause kommen, den Kontinent verlassen, auf dem sie sich aufhielt. Die Tatsache, dass sie an einem anderen Ort war als angekündigt, überging ich. Das wäre eine zu große Diskussion gewesen, um sie am Telefon zu führen. In Afrika befand sich die Sicherheitslage nicht einmal auf dem üblichen Niveau, der ganze Erdteil schien plötzlich in Flammen zu stehen. Innerhalb einer Woche fegte eine Reihe von Terroranschlägen über Nordafrika und die Arabische Halbinsel hinweg.

Emma versprach, den nächsten Flug nach Finnland zu nehmen, ich befahl ihr, bis dahin im Hotel zu bleiben, und sie versprach es, hörte aber natürlich nicht auf mich, sondern ging auf die Straße, um Fotos zu machen, wie ich später erfuhr. Auch das tat sie ohne Rücksicht auf mich und Fanni, entgegen meiner Bitte. Pippi Langstrümpfe werden nun mal nicht alt.

Musste sie das Chaos unbedingt dokumentieren? Konnte sie nicht einfach die Welt brennen lassen und ein Mal an uns denken, die wir zu Hause auf sie warteten? Ich bat sie so schön, wie ich konnte, und sie versprach es. Es war unser letztes Telefongespräch. Als Nächstes rief eine Kollegin von Emma an, heulend und in Panik, und ich war auf alles gefasst, außer darauf, wie sich Pippi Langstrumpf verändern würde und mit ihr unsere Welt.

FANNI

Fanni untersucht einen Schmetterling im Wasser-
eimer.

Ertrinkt er jetzt, fragt sie Großvater.

Nein, weil wir ihn retten, sagt Großvater, reißt einen
Grashalm aus der Erde und hilft dem benommenen
und nassen Falter damit auf den Rand des Eimers.

Warum hast du ihn gerettet, ich hätte gern gesehen,
wie er ertrinkt, sagt Fanni enttäuscht.

Man darf ein Lebewesen nicht sterben lassen,
erwidert Großvater. Alles Leben ist wertvoll, auch das
eines Insekts.

Muss man auch einen Käfer retten? Oder eine
Wespe, fragt Fanni. Was, wenn sie sticht, nachdem
man sie gerettet hat?

Das kann natürlich passieren. Aber wenn man an
die Wiedergeburt glaubt, kann man sich vorstellen,
dass der Schmetterling ein verstorbener Mensch ist,
den man gekannt hat, zum Beispiel Großmutter. Dann
kommt es einem wichtig vor, alles zu retten, was man
kann.

Fanni überlegt kurz.

Aber was hat es für einen Sinn, als Insekt zu leben?
Alle würden doch nur die ganze Zeit versuchen, einen
zu töten.

Na ja, sagt Großvater, das stimmt natürlich. Man
muss ein gutes und gerechtes Leben führen, damit

man nicht als Mücke wiedergeboren wird. Obwohl auch die Mücken gebraucht werden. Sie sind Futter für die Vögel. Alles ist wichtig, auch das Böse. Ansonsten gäbe es das Gute nicht, und der Mensch hätte keine Möglichkeit, gut zu werden.

Ich möchte nicht als Mücke wiedergeboren werden, sagt Fanni. Und auch nicht als Fliege. Aber ein Eichhörnchen könnte ich sein, oder irgendein Vogel. Dann könnte ich über der Insel herumfliegen und euch allen hier unten zurufen.

Ein Vogel ist gut, meint Großvater. Oder du wirst als Prinzessin wiedergeboren, wer weiß, du bist so ein feines Mädchen, du wärst eine gute Prinzessin.

Prinzessin wäre schon toll. Aber vielleicht werde ich schon jetzt eine und muss dafür gar nicht sterben. Als ich klein war, hat Mama mir abends immer eine Geschichte erzählt, in der ich eine afrikanische Prinzessin war. Sie hat gesagt, vielleicht bin ich es auch. Das kann man nicht wissen, sagt Fanni.

Ob meine kenianische Mutter schön ist, was glaubst du, spricht Fanni kurz darauf weiter. Ich sehe Mama nicht besonders ähnlich. Kann es sein, dass ich hellere Haut bekomme? Wenn ich ganz viel Sonnencreme benutze?

Ich bin sicher, dass deine kenianische Mutter sehr schön ist, und du bist es auch, antwortet Großvater. Deine Haut hat eine wunderbare Farbe, eine viel schönere als unsere. Und du hast viele Gesten und Gesichtsausdrücke von deinem Vater und von deiner Mutter. Ich finde, du bist ihnen oft ähnlich. Viel wichtiger als das Aussehen ist das, was du von ihnen lernst, und die Liebe. Die Liebe von Mama und Papa kann dir niemand sonst geben oder wegnehmen.

Ja. Die Liebe ist das Wichtigste. Wenn du stirbst, kommst du dann als Schmetterling zu Besuch, damit ich weiß, dass du wiedergeboren wurdest?

Ich werde mein Bestes geben, verspricht Großvater.

EMMA

Ich frage Joel, wie lange wir schon auf der Insel sind. Er blickt nicht von seinem Haferbrei und von der Zeitung von gestern auf, die er im Laden gekauft hat. Es ist sinnlos, auf der Insel zu versuchen, digital Zeitung zu lesen, das Internet ist zu langsam, man hat auch viel zu selten Empfang, und oft interpretiert das Handy unseren Standort so, als wären wir in Estland. Manchmal macht mich das fehlende Internet rasend, ich kann die sozialen Medien und die Nachrichten nicht verfolgen und nicht arbeiten. Jetzt verstehe ich, dass das Sinn und Zweck der Sache war.

»Wir sind im Mai hergekommen«, sagt Joel. »Wieso?«

»Welchen Monat haben wir jetzt?«, frage ich.

»Wir haben Ende Juli, den 25. 7., genauer gesagt.«

Wir können also noch einen guten Monat lang auf der Insel bleiben. Ich weiß, was Joel denkt, wenn er von Ärzten und von Genesung spricht: Im September findet das jährliche Adoptionstreffen bei uns zu Hause statt. Es ist für alle besser, wenn ich dann gesund bin. Oder wenigstens in der Lage, die Gesunde zu spielen.

Der Termin stresst ihn, das sehe ich ihm an. Es stresst ihn auch ohne Grund jedes Mal, und diesmal gibt es sogar einen Grund. Er hat Angst, dass ich mich nicht benehmen kann und anfange, von Geistern zu reden. Aber sie könnten uns Fanni trotzdem nicht wegnehmen, selbst wenn ich es täte, vermutlich würden sie nur fragen, ob wir zurechtkämen, und uns eine Haushaltshilfe vermitteln, falls nötig.

Ich mache doch wohl keinen so verrückten Eindruck, dass man mich als Mutter für untauglich halten würde? Wenn nötig, würde ich durchaus schön auf der Couch sitzen, lächeln und Fanni umarmen können. Die Narbe würde ich unter der Frisur verstecken. Ja, ja, ich habe mich von dem Unglück gut erholt, würde ich sagen, alles ist in Ordnung, der Kopf tut noch weh, aber ich komme klar, ich werde auch bald wieder arbeiten. In einem anderen Job, einem, in dem Joel mich haben will, einem sicheren, als Lehrerin, zum Beispiel, ich wäre darin sehr gut. Alles ist in Ordnung und wird wieder, sobald ich mich daran erinnern kann, was vor diesem Sommer war, wo wir gewesen sind.

FANNI

Das Leben vergeht so schnell, sagt Großvater beim abendlichen Angeln mit Fanni. Ich kann mich noch erinnern, wie ich immer den ganzen Sommer auf dem Land war und mit meinen Cousins und meinem Onkel abends angeln ging. Mein Onkel hat mir das Angeln beigebracht. Mein Vater war im Krieg gestorben. Inzwischen leben sie alle nicht mehr, weder mein Onkel noch meine Cousins. Manchmal kommt es einem merkwürdig vor. So wenige Menschen, die sich an die gleichen Sachen erinnern wie ich. Eigentlich niemand mehr.

Jeden Moment ist es immer länger her, dass ich geboren wurde, sagt Fanni. Und es ist furchtbar lange her, dass du geboren wurdest.

So ist es, antwortet Großvater. Darum sind so viele wichtige Menschen aus meiner Kindheit auch schon gestorben.

Was ist Krieg, fragt Fanni.

Das ist eine schreckliche Situation, in der die Menschen gegeneinander kämpfen. Normalerweise verteidigt man dabei sein Land oder greift ein anderes Land an.

Sterben dabei dann alle?

Viele sterben dabei, mein Vater, zum Beispiel.

Ist meine kenianische Mutter auch im Krieg gestorben?

Das weiß ich nicht, ich glaube nicht. Aber in Afrika gibt es leider noch immer viele Kriege. Die Menschen fliehen dann vor dem Krieg in andere Länder, so wie die Finnen damals zum Beispiel nach Schweden.

Fliegen die toten Menschen dann mit Raketen ins All?

Nein, sie werden im Grab zu Erde.

Sehen sie dann nichts mehr?

Ja, dann sieht man nichts mehr.

Nie mehr?

Nie mehr.

In Fannis Augen bilden sich Tränen. Aber dann ist das Sterben ja ganz schrecklich, sagt sie.

Es ist nicht schrecklich. Es ist wie Ausruhen. Menschen und Tiere müssen sterben und Platz für neues Leben machen, so ist es nun mal. Du musst deshalb nicht traurig sein.

Dann ist es besser, dass ich hier bin, wenn in Afrika ständig Krieg geführt und gestorben wird.

Ganz bestimmt.

Und ich würde dich sonst ja auch nicht kennen, und Papa und Mama auch nicht. Das wäre genauso schrecklich wie Sterben.

Wir sind sehr glücklich darüber, dass du hier bist. Und hier auch bleiben darfst. Das hier ist jetzt deine Heimat.

EMMA

Wie ist das mit der Liebe im fortgeschrittenen Alter, im länger werdenden Schatten?

Fanni hatte im Frühling einen Magen-Darm-Infekt, mit dem sie Joel ansteckte. Mich nicht. So weit habe ich mich schon von ihnen entfernt. Früher haben wir alles geteilt, auch die Viren.

Ich zwinge die beiden, mit auf meinen Planeten zu kommen, obwohl sie hier nicht sein wollen und nicht sehen, was ich sehe – dieses ganze untergegangene Volk, die Menschen, die das Meer geholt hat. Wenn ich meinen Abendspaziergang mache, sehe ich sie überall, auch auf der gegenüberliegenden Insel.

Normalerweise sitzen sie in Gedanken versunken da und starren aufs Meer, ohne mich zu bemerken. Manche kommen mir bekannt vor, ich will nicht daran denken.

Eines Abends gehe ich allein in die Sauna. Auf der Pritsche sitzt eine Frau. Ich nicke ihr zu, und sie nickt zurück. Ich schaue aus dem Fenster, spüre die Nähe der Frau auf meiner Haut. Schließlich mache ich einen Aufguss, und sie verschwindet mit dem Dampf.

Sollte ich darüber mit Joel reden? Warum rede ich nicht mit ihm? Wir haben uns wohl noch nie verstanden.

Früher haben wir es immerhin versucht. Wir gingen regelmäßig zusammen aus, ins Kino oder zum Wandern, aber nicht zu einem romantischen Abendessen, das hat noch nie zu Joels Repertoire gehört.

Zuletzt haben wir wohl vor dem Unglück irgendetwas zu zweit unternommen.

Habe ich Unglück gesagt? Wo kommt dieses Wort her? Gab es irgendwo ein Unglück? Vielleicht habe ich Joel oder Großvater davon reden gehört.

FANNI

Großvater und Fanni untersuchen tote Fische, die am Ufer zwischen den Blaualgen treiben.

Warum sind die Fische tot, fragt Fanni.

Wenn die Algenperiode lange genug anhält, sterben die jungen Fische, weil sie nicht genug Sauerstoff haben, und kommen an die Oberfläche, antwortet Großvater.

Die Armen. Die müsste man doch beerdigen.

Ist die Erde Privatgelände, fragt Fanni dann.

Was meinst du damit?

Na, ob sie uns Menschen gehört und niemandem sonst.

Ja, sie gehört den Menschen und den Tieren, den Insekten und den Fischen. Und den Pflanzen. Sie ist unsere gemeinsame Heimat, ein anderes Zuhause haben wir nicht. Darum sollten wir die Erde schützen und sie nicht zerstören. Menschen, die im Weltraum gewesen sind, sagen, dass sie das verstanden haben. Wie klein die Erde ist und wie schön.

Und es darf niemand sonst hierherkommen?

Es gibt niemanden sonst. Jedenfalls nicht, soweit wir wissen.

Ach so. Könnte ich nicht ein kleines bisschen schwimmen, wenn ich kein Wasser in den Mund nehme?

Großvater seufzt.

Das geht leider nicht. Es sind zu viele Algen im Wasser. Man kann davon einen Hautausschlag bekommen,
so giftig sind sie.

Pah. Wie könnte man das Meer denn wieder sauber
bekommen?

Gute Frage. Man sucht ständig nach Möglichkeiten,
aber es ist nicht so einfach. Wenn etwas einmal verschmutzt und verdorben ist, dauert es lange, bis man
es wieder sauber bekommt. Mit der Atmosphäre ist es
das Gleiche.

Es müsste jemand aus dem Universum kommen, der
bei uns aufräumt.

Großvater muss lachen.

Wenn es eine Reinigungsfirma aus dem Universum
gäbe, wäre das eine gute Sache. Aber wir müssen selbst
aufräumen. Die Erde wird überleben, eine Million
Jahre ist eine kurze Zeit in der Geschichte der Erde,
und innerhalb dieser Zeitspanne wird auch das Meer
wieder sauber. Aber um die Menschen mache ich mir
ein bisschen Sorgen.

Ach ja, seufzt Fanni. Der Mensch wird vielleicht
nicht überleben. Ich gehe jetzt in meinem kleinen Pool
baden, wenn man im Meer nicht schwimmen kann.

EMMA

Seit wie vielen Jahrzehnten wird schon über den Klimawandel geredet? Sogar die mächtigsten Männer der Welt haben es ab und zu versucht, mithilfe von Statistiken und ohne. Verträge über Verträge, alles viel zu langsam, im Wind schwebendes Seidenpapier, um den hoffnungslosen Glauben zu befriedigen, dass der Untergang noch abgewendet werden kann.

Niemand hat sich dafür interessiert. Weder für meine Bilder und Worte noch für die der anderen. Trotzdem kam die erste Welle von Klimaflüchtlingen überraschend. Überraschend für wen? Für mich jedenfalls nicht. Seit Jahrzehnten wird es verkündet: maßloses Bevölkerungswachstum, Trockenheit, Desertifikation, Hungersnot, Kriege.

Wir können uns unterm Tisch verstecken, denken, die Tsunamis sind anderswo, hier gibt es genügend Nahrung und Wasser. *Hier in Finnland haben wir mehr als genug Wasser, man muss Babys kein Dreckwasser zu trinken geben. Ist doch gut, wenn es auch in Sibirien ein bisschen wärmer wird, haha.*

Apokalypse hier und jetzt. Wir können als Kakerlakenherde unter die Erde fliehen, uns an Überschwemmungen und Naturkatastrophen anpassen, Eisenzäune an der Grenze aufstellen. Glauben, wir würden alles und immer überleben.

Wir werden nicht überleben.

Auch diese Insel wird vom Meer überspült werden.

Wenn der Permafrost Sibiriens taut, sind wir alle erledigt.

EMMA

Nach Mitternacht kommt endlich das Gewitter. Wir haben lange darauf gewartet, die Hitze hat die Natur und uns allmählich ausgelaugt. Ich wache vom Donner auf, mit schneidenden Kopfschmerzen. Ich weiß schon seit zwei Tagen, dass es ein Gewitter geben wird, ich gehöre neuerdings zu den Hatifnatten, die Elektrizität fühlen können, mag Joel auch über diese Eigenschaft lachen.

Das Gewitter zieht mich an, ich muss nach draußen und ans Ufer gehen, um mir die Blitze anzusehen, obwohl ich weiß, dass man das nicht darf. Ich ziehe die Regenjacke übers Nachthemd und gehe leise hinaus, schon nach den ersten Metern bin ich nass. Der Wind peitscht mir den Regen ins Gesicht, die Kapuze rutscht nach hinten, und ich kann sie nicht mehr aufsetzen, ich lasse die Haare nass werden, der Regen kühlt meinen Kopf und lindert den Schmerz.

Am Ufer steht mit dem Rücken zu mir eine irgendwie dunkle Frau. Sie dreht sich nicht um, als ich mich ihr nähere, hebt sie nur den Arm und deutet aufs Meer wie Poseidon aus einer alten Welt.

Der Himmel über dem Meer ist violett, die Blitze sind zum Glück noch weit weg und scheinen irgendwo am Horizont einzuschlagen. Das Meer wogt im Wind und ist unruhig, ich schaue genauer in die Richtung, in die die Frau zeigt, und erkenne plötzlich eine Rettungsweste auf dem Wasser. Ich erschrecke: Hat sich der Wind unsere Schwimmwesten geschnappt, die immer im Boot liegen? Aber bald verstehe ich, dass es sich um etwas anderes handelt, um etwas, das ich nicht sehen möchte.

Plopp. Aus dem Meer steigt etwas Rotes auf, zuerst halte ich es für eine Plastiktüte, aber als es an der Oberfläche bleibt, begreife ich, dass es eine Rettungsweste ist.

Plopp. Daneben kommt eine dünne blaue Weste zum Vorschein, eine, die man beim Paddeln benutzt, die aber niemanden rettet, wenn es ernst wird.

Plopp. Eine neongelbe Weste, Kindergröße, nein, Babygröße. Ich habe immer gedacht, dass solche Westen sinnlos sind, ein Baby kann im Meer nicht allein überleben, die Wellen schlagen über ihm zusammen, und das Baby ertrinkt oder stirbt an Hypothermie, und so ist es, auch das habe ich gesehen.

Plopp. Eine orange Weste, groß, abgenutzt, löchrig, die Trillerpfeife fehlt, aber auch die Pfeife ist nutzlos, nur eine Illusion. Wenn das Meer tost, ist eine Trillerpfeife nicht zu hören. Und selbst wenn sie jemand hört, achtet er nicht darauf. Ertrinkende denken nur an sich selbst, drücken dem anderen den Kopf unter Wasser, wenn sie dadurch noch einen letzten Atemzug machen können. Beim Sterben sind wir Tiere, panisch, hektisch, brutal. Entscheidest du dich für dein Kind oder für dich selbst? Und woher willst du das wissen, wenn du nie gezwungen gewesen bist, dich zu entscheiden?

Plopp, plopp, plopp, überall, wohin ich schaue, tauchen Westen auf, unsichtbar darunter die Leichen, die bleich wie graues Seegras unter der Oberfläche treiben, verdutzte Münder, aufgerissene Augen, Haare, die in den Wellen schweben, und sie glauben nicht, dass sie sterben, nicht jetzt und auch dann noch nicht, wenn die neue Welt bereits wartet, diejenige, die sie rettet und heimholt.

Ich habe all das gesehen und versucht zu vergessen, eine andere Möglichkeit gab es nicht, ich musste weiterleben. Auch ich hatte eine Familie und ein Zuhause, ein Kind, das mich brauchte, einen Mann, der auf mich wartete, und jetzt sind die Rettungswesten plötzlich hier. Ich bin ihnen nicht entkommen. Sie sind an meinem Ufer, denn das Meer ist uns allen gemeinsam, die Leichen treiben mit den Meeresströmungen, und an unserer Bootsschraube kann die Hand eines Menschen hängen, der weit weg von hier gestorben ist.

Ich sitze da und starre in den Sand, hoffe, dass die Westen verschwinden, aber als ich aufblicke, sind es noch mehr geworden, Tausende, Abertausende, bis zum Horizont, so weit das Auge reicht.

Es donnert unablässig über mir, ich warte ab, ob jemand aus dem Meer steigt, der mich holt. Ich weiß, dass ich ins Haus gehen sollte, aber ich kann nicht, das Meer atmet mich seufzend mit Kälte an. Die Westen treiben auf den Wellen über ihren Geistern, kommt nicht her, sage ich zu ihnen, dann schreie ich, kommt nicht, wir wollen euch nicht, bleibt, wo ihr seid, wir haben nichts für euch, aber die Westen antworten nicht, stattdessen zuckt ein Blitz über dem Meer auf.

Wo sind die Leichen, kommen sie an die Oberfläche, oder versinken sie irgendwo am Grund im Schlamm? Es ist unmöglich, das zu wissen, und ich starre wie hypnotisiert aufs Meer, ich warte, dass die erste Leiche aus dem Wasser watet und auf mich zugeht, mich mitnimmt. Ich will nicht hinschauen, aber ich kann nicht anders. Hinter mir höre ich jemanden rufen und erschrecke. Es ist Joel. Er steht im Regen auf der Treppe und ruft mich ins Haus, aber ich kann nicht, und so kommt er zu mir, legt mir den Arm um die Schultern und dreht mich mit Gewalt um.

»Was immer da sein mag, beachte es nicht. Komm mit, wir gehen schlafen«, sagt er, und ich gehorche, lasse das Leichenmeer hinter mir und denke nicht mehr daran.

Joel gibt mir eine Tablette und legt mich schlafen, ich wache nicht einmal mehr vom Donner auf, und am nächsten Morgen denke ich, dass nichts von alldem wahr ist, obwohl alles irgendwo geschah, weit weg von hier, und realer war als alles in unserer Welt.

Es war nicht meine Schuld. Jemand hatte irgendwo beschlossen, dass die Menschen mit ihrem Boot kentern und im Meer umkommen sollen, aber das war nicht ich. Das war nicht ich.

JOEL

Ich finde Emma mitten im Gewitter am Ufer im Wasser sitzen, sie fantasiert von Ertrunkenen, die gleich an Land kommen und uns holen werden. Es gelingt mir, sie ins Haus zu führen, sie ist kalt und nass und zittert vor Kälte und Angst. So kann es nicht weitergehen.

Was sage ich dem Kind? Mama hat im Meer Leichen gesucht, die es gar nicht gibt? Leichen, die anderswo sind und die sie vergessen sollte, so wie wir alle die Dinge vergessen sollen, für die wir nichts können?

So wie ich meine Mutter vergessen habe und das, was sie meinem Vater angetan hat. Unsere Ehe erinnert allmählich immer mehr an die Ehe meiner Eltern, und genau deshalb wollte ich nie heiraten. Damit keiner den anderen in die Ecke treiben kann, und trotzdem zwingt Emma mich hierher, auf meine Insel, wo ich nicht mehr gern bin und um die herum ihre Hirngespinste wabern wie zwielichtige Ausbrecher.

Ich bringe Emma zuerst mit einem starken Medikament zum Schlafen, dann decke ich Fanni zu und sage, alles ist gut, Mama hatte nur einen Albtraum. Fanni hat Angst, aber ich streichle sie in den Schlaf. Ich selbst bleibe wach bis zum Morgen.

JOEL

Meine Mutter war schon immer durchgedreht, mein Vater drehte erst durch, als meine Mutter starb. Sie hatte sich bereits seit Jahren mit allen möglichen Engeltherapien und Hellseherinnen befasst, eine Hellseherin hatte natürlich auch den Krebs vorausgesagt, aber mein Vater glaubte damals noch nicht an solchen Hokuspokus. Bis meine Mutter krank wurde, zufällig genau wie es die Hellseherin bei einer Blondine, die das ganze Jahr über braun gebrannt war, erraten konnte, vor allem, wenn ihre Haut voller verdächtig aussehender Muttermale war. Selbst ich hatte den Hautkrebs meiner Mutter vorausgesagt, hatte sie inständig gebeten, mit dem Rauchen und mit dem Solarium aufzuhören, aber niemand hörte auf mich, weil ich kein Wahrsager war.

Meine Mutter verstand es, aus ihrem Ende ein großes Drama zu machen, wie auch aus ihrem ganzen Leben, und vor lauter Schuldgefühlen begleitete mein Vater sie bald zu alternativen Behandlungen. Vermutlich wurde dadurch der gesamte Prozess beschleunigt, aber vielleicht war das für einen zum Tode verurteilten, an Schmerzen leidenden Menschen sogar eine gute Sache. Ich mischte mich nicht ein, weil der Arzt sagte, es spiele keine Rolle mehr: Meine Mutter werde auf jeden Fall sterben, und alles, was ihr Trost spende, sei positiv. Auch die Engel.

In ihren letzten Monaten wollte meine Mutter sich durch meinen Vater ein ewiges Leben sichern. Sie beschwor ihn, nach ihrem Tod Kontakt zu ihr zu suchen, erzählte ihm von den Zeichen, die sie ihm geben würde, und versprach, ihm als Geist überallhin zu folgen. Mit anderen Worten: Sie wollte verhindern, dass mein Vater sein Leben ohne sie fortsetzte, und das ist ihr gelungen.

Sie zwang ihn, zu diversen Fanatiker-Kreisen mitzukommen, und dadurch fand mein Vater neue Freunde, die tatsächlich Zeichen von meiner Mutter sahen und hörten, nachdem sie gestorben war.

Ich versuchte, das alles irgendwie zu ertragen. Wenn der Glaube an die Wiedergeburt das Witwerdasein erträglicher machte, dann von mir aus. Aber meinen Vater erkannte ich nicht wieder.

Ich dachte, zumindest hat er durch seine neuen Freunde Gesellschaft. Ich schaffte es nicht, mich angemessen um ihn zu kümmern, wir hatten mit unserem eigenen Leben genug zu tun. Ich sah ihn nur auf der Insel und wenn er kam, um auf Fanni aufzupassen.

Ich war überhaupt nicht darauf vorbereitet, dass er wenige Jahre nach meiner Mutter plötzlich sterben würde. Er war in guter Verfassung und vital gewesen, ich dachte, er wird hundert, und das glaubte er wohl selbst.

Fanni war vollkommen gebrochen, Großvater war einer ihrer liebsten Menschen. Sie verstand den Tod noch nicht gut genug und fragte auch Monate später noch, wann Großvater aus dem Universum zurückkehre. Und dann kam Emmas Unfall. Ich weiß nicht, was das alles mit Fanni gemacht hat. Momentan verschließt sie sich einfach, versucht, unsichtbar zu sein, um Emma nicht zu stören. Das zu beobachten, bricht mir das Herz, aber ich weiß nicht, was ich tun soll. Emma ist ihre Mutter. Ich kann sie nicht voneinander trennen. Fanni hat nur noch uns in diesem kalten Land, in dem viele wollen, dass sie verschwindet. Ich kann nur hoffen, dass Emma wieder gesund wird, dass eines der Wunder geschieht, an die ich nie geglaubt habe, an denen mein Vater aber immer festhielt.

Ich weiß, dass Emma auf der Insel mit meinem Vater spricht. Fanni spielt die gleichen Spiele, die sie noch letzten Sommer mit ihm gespielt hat. Ist das alles tatsächlich erst so kurze Zeit her? Ich versuche, meinen Vater so gut es geht zu ersetzen, aber es gelingt mir selten. Sie hatten ihre eigene geheime Welt, deren Wert ich erst jetzt begreife.

Hätte ich das meinem Vater nur ein Mal gesagt. Hätte ich ihm wenigstens für alles gedankt, was er für uns getan hat.

Emmas Arzt hat mir nahegelegt, mich nicht in Emmas Halluzinationen einzumischen. Würde man ihr sagen, Großvater sei tot, wäre sie noch deprimierter. Trotzdem habe ich einen Telefontermin mit dem Arzt vereinbart, ich fahre mit Fanni nach Tammisaari und hoffe, dass Emma so lange am Leben bleibt. Sie würde misstrauisch werden, wenn ich auf der Insel zum Telefonieren in den Wald ginge.

So kann es nicht weitergehen. Emma muss in Behandlung, wir müssen hier weg.

EMMA

Plötzlich weiß ich, wer die dunkle Frau auf der Insel ist. Es ist Fannis Mutter, wer sonst.

Sie will mir folgen, sich vergewissern, ob ich gut genug und als Mutter geeignet bin, wie es ihrem Kind geht, dem einzigen Kind, das überlebt hat.

Mütter vergessen ihre Kinder nicht, sie folgen ihnen immer, auch nach dem Tod, ich würde es ebenso machen, ich würde immer nach Fanni suchen, bis in alle Ewigkeit.

Vielleicht habe ich sie mir vorgestellt, weil ich eine Geschichte für Fanni will, das kann durchaus sein, aber für mich ist die Frau Wirklichkeit. Ich will ihr mitteilen, dass alles gut ist. Fanni wird geliebt, sie ist unser Kind, zwar geliehen, aber unser Kind.

Die Frau sitzt oft abends mit dem Rücken zu mir am Ufer auf einem Stein. Sie sagt nie etwas, blickt nur aufs Meer hinaus, auf das Irgendwo, in dem sie ihre Familie verloren hat.

Ich trete von hinten an sie heran, versuche aber nicht, sie zu berühren, ich weiß, dass da niemand ist.

Alles ist gut, sage ich zu ihr, du kannst in Frieden gehen. Du kannst Fanni loslassen, ich passe auf sie auf, ich verlasse sie nicht. Gib sie mir, sei so gut, sage ich und setze mich neben sie, lass sie mich behalten, nimm sie nicht mit.

Die Frau dreht sich zu mir um, in ihren Augen liegt nichts als Dunkelheit. Sie nickt. Dann wendet sie sich wieder ab und schaut aufs Meer, auf die endlosen Wellen, die niemanden zurückbringen.

EMMA

Wir waren verliebt. Ich erinnere mich daran, werde es nie vergessen, auch wenn es vieles gibt, was ich nicht mehr weiß. Ich erzähle niemandem davon.

Wo, verdammt noch mal, sind wir jetzt? Ich weiß es nicht, traue mich nicht zu fragen, ich habe keine Ahnung, warum wir hier sind, auf dieser Insel, die Geister schwimmen um sie herum und halten mich hier fest. Ich komme nicht an ihnen vorbei.

Wir waren verliebt, er und ich, ich erinnere mich daran, obwohl ich mich manchmal nicht einmal an meinen eigenen Namen erinnere, und ich weiß nicht, warum, auch das ist mir ein Rätsel.

Ich erzähle niemandem, dass ich es nicht weiß, ich spiele diejenige, die ich einmal war, so gut ich kann, wenn ich kann. An seinem Blick erkenne ich, dass es mir nicht immer gelingt, er ist ungeduldig. Ich liebe ihn trotzdem, glaube ich. Sonst wäre ich wohl nicht mehr hier.

Ich erinnere mich nicht an seinen Namen. All das wird irgendwann enden, die Geister schwimmen heran, Emma, flüstern sie heiser, und ihre Lockungen sind sanft, dunstfarben, Emma, du bist schon hier, bleib nicht dort, du gehörst bereits uns, du hast uns nicht gerettet, komm, komm mit.

In manchen Nächten denke ich, dass ich mitgehe, die Lockung ist unerträglich, zwingend, ich schaue auf die neben mir schlafenden Gesichter, wäre es nicht auch eine Erleichterung für sie? Mein Kopf schmerzt, durch den Schmerz hindurch ist es schwer, etwas anderes zu fühlen, jemanden zu kennen, am wenigsten sich selbst. Ich sehe nirgendwo Gesichter, hier gibt es keine Spiegel, ich habe sie zerstört, und das Meer ist nie glatt genug, um mein Bild widerzuspiegeln.

Plopp. Vor mir treibt eine leere Rettungsweste, darunter ist etwas, das Gesicht eines Kindes, die Haare einer Frau, die Hand eines Mannes, der sich an seine Familie klammert und an die Weste, die er schließlich loslässt. Das Meer kennt keine Rückkehr, wen es zu fassen bekommt, den hält es fest. Sie waren einmal eine Familie, jetzt sind sie nur noch namenlose Gesichter im Meer.

Emma, sagen sie, wir sind deine Familie, komm her, hab keine Angst, es gibt nichts, vor dem du Angst haben musst, die Welt ist verloren, sie ist schon zerstört. Komm mit.

Aber meine Familie ist hier, ich erinnere mich nicht an ihre Namen, doch ins Meer werde ich sie nicht führen, bevor die Welle kommt und uns alle mitnimmt. Am Ende nimmt sie uns alle mit.

FANNI

Erzähl mir von der Elefantenkacke, bittet Fanni Großvater, als sie zusammen Fische für die Suppe ausnehmen.

Ach, davon? Na gut. Als du ganz klein warst und
gerade nach Finnland gekommen bist, waren wir
zusammen im Park. Auf dem Heimweg haben wir
Hundekacke gesehen, die jemand nicht entsorgt hatte.
Guck mal, Elefantenkacke, hast du gesagt, und ich
musste lachen. Durch Nairobi spazierten oft Elefanten,
und die kackten überallhin. Von den Haufen ging ein
starker Geruch aus, und nun hattest du zum ersten
Mal in Finnland Kacke auf der Straße gesehen. Natürlich hast du gedacht, dass es Elefantenkacke ist. Ich
habe ziemlich lange gebraucht, dir zu erklären, dass
es in Finnland gar keine Elefanten gibt.

Fanni kichert.

Ziemlich ulkig, Elefantenkacke auf der Straße!

Nicht wahr. Irgendwann wirst du mit Papa und
Mama nach Afrika fahren und dir dort die Elefanten
ansehen.

Kannst du nicht mitkommen?

Ich weiß nicht, ich bin schon ein bisschen zu alt für
so eine Reise. Und dort ist es schrecklich heiß, ich kann
Hitze nicht mehr gut ertragen.

Ob wir dort wohl ein Babyfoto von mir bekommen
könnten?

Wofür brauchst du denn ein Babyfoto?

Na, im Kindergarten haben wir ein Fotoalbum gemacht, und dafür mussten alle ein Babyfoto von sich mitbringen und erzählen, wie viel sie als Baby gewogen haben. Und ich habe so ein Bild nicht, und ich weiß auch nicht, wie viel ich gewogen habe. Mama hat gesagt, wir schreiben dreieinhalb Kilo hin, fast alle Babys wiegen dreieinhalb Kilo. Und dann haben wir das Foto eingeklebt, das gemacht wurde, als Papa und Mama zum ersten Mal ins Kinderheim kamen, um mich zu holen. Mama hat gesagt, damals wurden wir eine Familie, so wie die Familien, bei denen die Kinder im Krankenhaus auf die Welt kommen. Aber vielleicht gibt es in Afrika ja doch ein Babyfoto von mir?

Nun ja, ich weiß nicht genau, sagt Großvater. Meine Babybilder sind auch verloren gegangen, als bei der Bombardierung von Helsinki mein Elternhaus niederbrannte. Wir haben also beide keine Babybilder mehr. Aber wie wäre es, wenn wir jetzt ein Foto von uns machen? Sind die Fische ausgenommen?

Ja, wir machen ein Foto! Warte, ich hole die Kamera.

JOEL

War ich am Ende vielleicht trauriger über Fannis Trauer als über meine eigene? Ich weiß es nicht. Ich kam nicht dazu, mit meinem Vater zu reden, ich glaubte, er würde ewig leben, so wie es erleuchtete Optimisten üblicherweise tun. Es schien, als hätte er sich selbst nicht auf seinen Tod vorbereiten wollen oder als wäre er gar nicht auf die Idee gekommen: In der für einen alleinstehenden Mann viel zu großen Wohnung stapelte sich das Geschirr im Spülbecken, unbezahlte Rechnungen lagen herum, das Testament war nirgends zu finden. Nicht einmal der Tod meiner Mutter hatte ihm seine eigene Sterblichkeit vor Augen geführt, obwohl er ständig über das Jenseits redete. Vielleicht wollte er sich nur spirituell auf den Tod vorbereiten, schließlich löste er sich in seinen letzten Lebensjahren immer mehr von allem Irdischen. Vielleicht hielt er die Rechnungen und das Testament einfach für unnütz, er machte sich nichts aus Geld oder Besitz, und es war ihm auch nie gelungen, von beidem etwas anzuhäufen. Als ich nach seinem Tod das letzte Mal durch die leere Wohnung ging, roch ich dort noch immer die Einsamkeit und fragte mich, wann ich ihn zuletzt angerufen hatte.

Oder war es besser so? Sterben im eigenen Bett, allein und in Frieden? Woher sollte ich das wissen? Der Infarkt konnte starke Schmerzen und Qualen mit sich gebracht haben, dazu die Erkenntnis von der Unausweichlichkeit der letzten Stunden. Ob er sich gewünscht hatte, jemand wäre bei ihm, wenigstens ich?

Ich weiß nicht, worüber ich mit ihm hätte sprechen sollen. Emma hatte mich aufgefordert, rechtzeitig mit meinen Eltern über alles zu reden, aber es gab nichts zu reden. Vielleicht hätte ich einfach da sein und meinen Vater reden lassen sollen, vielleicht dachte er, ich hätte keine Zeit, zuzuhören.

Meiner Mutter hätte ich sogar etwas sagen können, aber sie war damit beschäftigt, sich auszumalen, was für ein Engel sie sein würde, und ihre Liebe für uns alle zu verkünden, weil sie es uns nicht früh genug mitgeteilt habe, wie sie stets unter Tränen erklärte.

Ich brachte es nicht über mich, ihr am Totenbett noch etwas zu sagen, so verpasste ich auch diese Gelegenheit. In ihrer letzten Stunde bemitleidete ich sie, anstatt zu fragen, ob ich ihr jemals etwas bedeutet habe oder ob ich nur im Weg gewesen war.

Sie hätte es ohnehin nicht zugegeben.

Meinem Vater hätte ich sagen können, dass ich ihm verzeihe, dass ich weiß, dass er mich wenigstens geliebt hat. Etwas Überflüssiges und Melodramatisches dieser Art hätte ich sicher herausgebracht, vielleicht wäre er dann bloß verlegen gewesen, vielleicht war es besser, dass wir nicht mehr dazu kamen, uns einander etwas zu sagen.

Emmas Eltern waren Jahre zuvor gestorben, beide Male hatte sie sich im Ausland aufgehalten und es später bereut. Also wachte sie am Totenbett meiner Mutter, erkaufte sich dadurch Vergebung, und so konnten sie beide füreinander die Rollen spielen, die sie brauchten.

Emma erzählte so gut wie nichts von ihren Eltern. Wir waren bereits zwei Jahre zusammen, als ich durch Anspielungen von Freunden verstand, dass ihre Mutter jene angesehene Umweltministerin gewesen war, die mitten in ihrer Amtszeit und ihrer aufsteigenden Karriere überraschend gestorben war. Ihr Nachname war so gewöhnlich, dass ich die beiden nicht miteinander in Verbindung gebracht hatte, obwohl ich im Nachhinein erkannte, wie ähnlich sie sich sahen.

Als ich Emma fragte, warum sie mir nicht erzählt hatte, wer ihre Mutter gewesen war, fragte sie zurück, warum sie das hätte tun sollen. Ob es eine Bedeutung gehabt hätte, zumal ihre Mutter nicht mehr am Leben war und ich aufgrund des öffentlichen Bildes leicht falsche Schlussfolgerungen hätte ziehen können. Tatsächlich hatte ihre Mutter als strenge, ernste Person gegolten, sogar als etwas fanatisch in Umweltangelegenheiten, aber auch als effektiv. Ich googlete heimlich Fernsehauftritte von ihr und Zeitungsartikel über sie, wenn Emma auf Dienstreise war. Allmählich verstand ich, warum Emma tun musste, was sie tat. Sie setzte fort, was ihre Mutter nicht zu Ende bringen konnte und ihr vermutlich ungewollt als Lebensaufgabe übertragen hatte. Das war keine leichte Bürde.

Ihr Vater war Polizist gewesen und starb bald nach ihrer Mutter. Wenn ich es richtig verstanden habe, erschoss er sich. Auch darüber fand ich Artikel, samt Anspielungen auf verheimlichten Alkoholismus und eine langjährige Depression, aber ich wagte es nicht, Emma nach der Wahrheit zu fragen. Das war alles, was ich wusste und was Emma mir erzählen wollte. Sie war eine Frau ohne Geschichte für mich, aber ich dachte, sie wird mir irgendwann von ihren Eltern erzählen, wenn sie es selbst will.

Manchmal kam es mir vor, als würde sie ihre Geschichte nicht nur mir selektiv erzählen, sondern auch sich selbst. Sich an das erinnern, was sie wollte, und vergessen, was ihr peinlich und unangenehm war. Ob das eine Kunst oder ein Fluch war, konnte ich nicht beurteilen, aber ich wünschte, sie hätte aufgehört, davonzulaufen.

So war das Leben, ein Tod nach dem anderen, doch Emma wollte ich nicht aufgeben, auch wenn ich sie manchmal mehr hasste, als ich zugeben mochte.

FANNI

Was passiert, wenn die Erde in ein schwarzes Loch
fällt, fragt Fanni Großvater abends am Lagerfeuer.

Also, das weiß ich nicht. Könnte es sein, dass die
Erde dann zerstört wird? Schwarze Löcher sind unheimlich weit weg, man fällt zum Glück nicht einfach
so in sie hinein.

Und wann spuckt das schwarze Loch alles wieder
aus? Sodass alle Menschen und Dinge zurückkommen?

Gute Frage. Darüber muss ich nachdenken. Ich
weiß nicht, wie das letzten Endes abläuft, ob sich das
schwarze Loch irgendwie wieder in Sternmaterie verwandelt. Da müssen wir jemanden fragen, der schlauer
ist.

Und wenn ein Mensch in ein schwarzes Loch fällt?

Dann stirbt er. Ein schwarzes Loch ist furchtbar
stark und verschluckt alles, auch das Licht. Darum
kann man nicht hineinschauen. Pass auf, dass deine
Wurst nicht verbrennt, sie ist auf der einen Seite schon
ganz schwarz.

Jetzt ist sie ganz heiß, autsch. Aber wenn wir in ein
schwarzes Loch geraten würden, dann wären wir immer zusammen, Papa und Mama und ich. Mama würde nie weggehen, sie wäre immer zusammen mit uns
in dem schwarzen Loch.

Ja. Das stimmt schon, aber in dem schwarzen Loch
wäre es ziemlich unangenehm und dunkel und kalt.

Dort könnte man bestimmt die ganze Zeit Verstecken spielen.

Das könnte man wohl. Aber du weißt ja, dass die Arbeit deiner Mutter sehr wichtig ist und sie deshalb viel reisen muss. Eigentlich möchte sie die ganze Zeit bei dir sein.

Ja, ich weiß, ich weiß. Sie rettet die Kinder auf der Welt. Aber ich möchte trotzdem, dass sie öfter bei mir ist.

Großvater seufzt.

Ja. Mit Kindern kann man nie genug Zeit verbringen. So ist das nun mal. Ich hätte auch mehr Zeit mit deinem Vater verbringen sollen, als er ein Kind war. Das hat auch Großmutter am Schluss bereut, auch wenn sie sonst nichts bereut hat. Willst du Ketchup?

Ja, danke. Grillen wir noch Marshmallows?

Na klar. Lass uns Papa und Mama dazuholen.

JOEL

Emma weiß nicht, was passiert ist. Sie erinnert sich nicht. Sie will sich nicht erinnern.

Es wäre fast eine gewöhnliche Dienstreise für sie gewesen, wenn nicht plötzlich der gesamte Erdteil begonnen hätte, nach schnell aufeinanderfolgenden Terroranschlägen auseinanderzufallen. Ein Attentat traf die Stadt, in der sich Emma aufhielt, in dem Land, in dem sie nicht hätte sein sollen. Junge Kerle, fast noch Kinder, stürmten in eine Menschenmenge, stießen ihren Kriegsschrei aus, vernichteten sich selbst und andere, anstatt zu Hause zu sein und zu leben. Anstatt in die Schule zu gehen und mit anderen Jungen zu raufen, etwas über die Welt zu lernen, lesen und schreiben, sich all das anzueignen, was man über die Welt wissen muss, um gut und glücklich darin zu leben.

Stattdessen rannten sie mit ihren viel zu großen Bomben in die Menschenmenge, denn irgendwo hatte jemand beschlossen, dass dieser Anschlag alles ändern, dass er die Welt retten würde, immer ein zerstörtes Stück nach dem anderen.

Emma hielt sich zum Glück am Rand der Druckwelle auf, aber Splitter schossen auf sie zu, einer riss ihr mit einem langen Schnitt die Hand auf, ein anderer traf sie am Kopf. Durch den Druck flog sie gegen eine Hauswand und prallte schlimm mit dem Hinterkopf auf.

All das zusammen – der Splitter, der den Kopf getroffen hatte, und der starke Aufprall – zerstörten etwas in ihrem Gehirn, das nicht mehr zu reparieren war. Sie wurde operiert, kleine Splitter waren in den Kopf eingedrungen, sie wurden herausgepickt, aber etwas ist zurückgeblieben. Vielleicht konnten es die Ärzte vor Ort nicht besser, vielleicht war es ihnen egal, eine weiße Frau mehr oder weniger. Emma war keinen Deut wertvoller oder wichtiger als die anderen, vielleicht war sogar das Gegenteil der Fall, weil sie eine Fremde war. Dort wurden Kinder zusammengeflickt und Männer, die eine Familie zu ernähren hatten.

Fanni und ich warteten zu Hause, man konnte dort nicht allein hinfahren, und schon gar nicht mit einem Kind. Emma und ich waren alles, was Fanni auf dieser Welt hatte, einer von uns musste überleben. Emmas Kollegin rief täglich aus dem Krankenhaus an und berichtete uns, was passierte, wie Emma aussah. Schlecht, sagte sie, aber immerhin lebt sie. Mit dieser Information mussten wir leben.

Erst viele Wochen später wagte man es, sie nach Finnland auszufliegen. Ich ging zuerst allein in die Klinik, weil ich mich nicht traute, Fanni mitzunehmen. Die Krankenschwester warnte mich, Emma sei noch verwirrt, ihr Gedächtnis funktioniere nicht recht. Es werde aber bestimmt zurückkommen.

Als ich das Zimmer betrat, schlief Emma. Ich saß neben ihr, ihr Kopf war nach einer weiteren, in Finnland vorgenommenen Operation verbunden.

Sie sah aus wie eine Mumie. Dieser Eindruck änderte sich auch nicht, als sie die Augen öffnete. Sie erkannte mich nicht und ich sie nicht. Etwas in ihrem Inneren hatte sich verflüchtigt.

JOEL

Der Sommer nähert sich seinem Ende. Fanni fragt mich täglich, ob ihre Mama stirbt. Emma geht es schlechter, und Fanni weiß das, man kann Kindern nichts vormachen. Sie hat
fortwährend Angst um ihre Mutter, behält sie ständig im
Auge, auch dann, wenn sie zu spielen scheint. Wenn Emma
abends von den Schlaftabletten einschläft, legt sich Fanni mit
offenen Augen neben sie. Sie wacht über Emmas Atem, genau wie Emma in Fannis ersten Monaten bei uns über Fannis
Schlaf gewacht hat.

So sollte es nicht sein. Man hat uns Fanni gegeben, damit
wir für sie sorgen, wir sollten zuverlässig und vernünftig sein
und ihr Sicherheit bieten, und dass wir das waren, wurde uns
auch bescheinigt. Vor dem Unglück.

Die finnischen Ärzte waren im Hinblick auf die neue Operation zuversichtlich gewesen. Die Splitter waren klein, die
Risiken bei der OP gering. Das Gedächtnis sollte zurückkommen, Emma nach der Genesung werden wie zuvor. Aber
so kam es nicht.

Vielleicht war der Chirurg in der Nacht zuvor von seinen
weinenden Kindern wach gehalten worden oder hatte am
Morgen Streit mit seiner Partnerin gehabt. Womöglich hatte
er auch nur einen schlechten Tag, konnte sich nicht konzentrieren, oder seine Hand zitterte im falschen Moment ganz
leicht. Sie sind keine Götter. Sie sind Ärzte, Menschen wie
alle anderen auch.

Vielleicht war besagter Chirurg auch nicht der beste, vielleicht operierte der beste einen schwereren Fall. Vielleicht war er seiner Arbeit einfach überdrüssig, dachte, scheiß Patienten, sie kommen und gehen, man behandelt sie, aber dadurch verschwinden die Kranken nicht aus der Welt.

Und dann das unsichtbare Zucken der Hand in die falsche Richtung, eine kleine Fehleinschätzung, die nicht einmal von Belang sein sollte, infolge derer aber trotzdem alles zerstört wurde. Der ganze Mensch, seine Persönlichkeit, all das, was Emma ausmachte, was ich kannte und liebte. Der letzte verbliebene Splitter bewegte sich auf eine kritische Ader zu, man konnte ihn nicht entfernen. Dennoch sollte das nicht sonderlich ernst sein. Man beschloss, ihn zu lassen, wo er war, der Splitter sollte keine Auswirkungen aufs Leben haben, sondern brav auf seinem Platz bleiben wie ein ungebetener Gast.

Zuerst ging es zulasten der Genesung. Es ist verständlich, dass das Gedächtnis nach einer solchen Operation und allem, was zuvor passiert war, aussetzte, dass zu einer solchen Situation Verwirrung, Albträume und Kopfweh gehörten. Aber all das verschwand nicht.

Emma hatte nun Angst vor allem. Hauptsächlich davor, Fanni zu verlieren. Und weil man unmöglich auf der Straße oder in Geschäften mit Fanni unterwegs sein konnte, ohne dass jemand Fanni ärgerte oder anglotzte, ging Emma nicht mehr aus dem Haus. Gegen Emmas Widerstand brachte ich Fanni jeden Tag in den Kindergarten und holte sie wieder ab, damit Emma nicht einmal versehentlich mitbekam, dass wieder jemand Fanni gehänselt hatte oder ein Busfahrer an der Haltestelle vorbeigefahren war, weil dort ein Kind mit der falschen Hautfarbe stand.

Emma war immer lustig gewesen. Vital und gesellig. Sie liebte große Feste. Wenn jemand Fanni ärgerte, musste er das schwer bereuen. Emma fürchtete sich vor nichts, sie fuhr schneller Auto als ich, steuerte das Boot im Stehen und mit wehenden Haaren. Mittlerweile darf sie beides nicht mehr, vermutlich wäre sie auch gar nicht dazu in der Lage.

Wir wollten ein Sabbatjahr einlegen und durch Afrika reisen, Fanni zeigen, wo ihre Wurzeln sind, wie großartig der Erdteil ist, aus dem sie stammt. Sie endlich einmal in der Menge untergehen und uns diejenigen sein lassen, die ins Auge stechen. Das war der Kompromiss, auf den ich mich nach langer Überlegung Emma zuliebe eingelassen hatte.

Nun setzte ich das Sabbatgeld und die freie Zeit für Emmas Genesung ein, für diesen Inselsabbataufenthalt, den der Arzt empfohlen hatte, weil die absolute Ruhe und Stille, die sichere und stabile Umgebung Emma guttun könnten. Stattdessen fing sie an, Geister zu sehen und ihnen hinterherzulaufen.

Wie lange muss ich den Geist einer Frau lieben, die ich nicht mehr als meine Ehefrau erkenne?

JOEL

Als ich eines Morgens auf die Terrasse komme, ist Emma am Ufer mit etwas zugange. Ich gehe nachsehen. Sie legt mit geradezu fiebrigem Eifer Steine in eine Reihe.

»Was machst du?«, frage ich, wobei ich mir Mühe gebe, sorglos zu klingen.

»Ich baue eine Mauer«, antwortet Emma und versucht, einen irrsinnig großen Brocken ans Wasser zu wälzen. »Hilfst du mir ein bisschen?«

Ich packe mit an, der Stein bewegt sich mit Mühe um ein paar Zentimeter.

»Warum?«, frage ich und verschnaufe.

»Na, wegen der Geister, damit sie nicht vom Meer aus hierherkommen. Sie kommen jetzt, das habe ich in der Nacht am Ufer gesehen. Man hat es mir gesagt. Das muss ich verhindern.«

Emma schaut mich nicht an, trotzdem sehe ich, dass sie einen glasigen Blick hat. Ich drücke noch ein wenig gegen den Stein, um so zu tun, als würde ich ihr helfen.

»Fanni wird gerade wach. Die Steine hier sind wirklich schwer. Was hältst du davon, wenn wir zuerst Kaffee trinken und danach weitermachen?«, schlage ich vor.

Emma hält leicht keuchend inne.

»Vielleicht würde eine Pause ganz guttun. Lass uns nach dem Frühstück weitermachen, allmählich eilt es.«

Ich nehme ihre Hand und führe sie behutsam zum Haus. Die Bemerkung, dass eine Mauer aus Stein wohl kaum immaterielle Geister abhalten würde, verkneife ich mir. Emma ist inzwischen für alles Rationale unempfänglich geworden.

Beim Frühstück sitzt sie in Gedanken versunken da, ich lege eine Diazepam-Tablette neben ihre Kaffeetasse. Sie nimmt sie folgsam wie ein Kleinkind. Nach dem Kaffee schlage ich vor, dass ich mit Fanni eine kleine Bootstour mache und Emma sich schlafen legt. Sie gehorcht erneut.

Aber wir fahren nirgendwohin, ich bringe die von Emma in eine säuberliche Reihe gerollten Steine an ihre Plätze zurück, und Fanni baut neben mir eine Sandburg. Fanni fragt nicht, was ich tue, sie hat aufgehört, Fragen zu stellen.

Emmas Zustand verschlechtert sich zusehends. Ich versuche, den Sonnenschein zu genießen, werfe aber immer wieder verstohlene Blicke aufs Haus. Als Emma aufwacht, erinnert sie sich nicht mehr an ihre Mauer.

Wo ist sie jetzt, meine Frau, meine Pippi Langstrumpf, der Schatten meiner Frau nur noch?

EMMA

Joel muss nach Tammisaari in die Apotheke, um neue Medikamente für mich zu holen, aber ich will nicht mitkommen. Die Blaualgen umzingeln uns, überall treibt ekliger Schleim, und die neue Hitzewelle trägt nicht dazu bei, die Algenteppiche aufzulösen und fortzuschwemmen. Selten habe ich mir gewünscht, es möge Wind aufkommen, aber jetzt hoffe ich, dass ein starker Wind wenigstens den Geruch davonbläst.

Ich bin nicht bereit, in diesen Schleim hineinzufahren. Wer weiß, was zum Vorschein kommt, wenn das Boot den Algenbrei durchschneidet. Joel seufzt und sagt, er nehme Fanni mit. Sie werden mittagessen gehen und sich ein Eis kaufen, im Park spielen und versuchen, dort Spielkameraden zu finden, einen Tag wirst du hier schon allein zurechtkommen, stellt Joel fest, anstatt zu fragen. Ja, ja, sage ich unter dem nassen Tuch auf meiner Stirn, ich habe vor, den ganzen Tag zu schlafen. Dann brechen sie auf, Fanni hüpft fröhlich und plappert pausenlos. Joel hat recht, Fanni sollte hier weg.

Wieder einmal wache ich zu spät vom Mittagsschlaf auf, die Abendsonne verschwindet bereits hinter der Insel, und Joel und Fanni sind noch immer nicht zurück. Ich esse den Fisch auf, den Joel geräuchert hat, mache mir anschließend ein Glas kalten Zitronentee und setze mich auf die Terrasse, aber aufs Ufer kann ich nicht schauen. Ich weiß nicht, was zwischen dem hellgrünen Schleim ist, und will es auch gar nicht wissen. Der Geruch erinnert an etwas aus der Vergangenheit, an das ich mich nicht erinnern mag.

Leichen. Im Wasser sind keine Leichen, rede ich mir ein, und plötzlich wird mir kalt, mein Herz fängt an zu pochen, und der Reißverschluss am Kopf spannt. Das ist nur Panik, sage ich mir, keine Angst, ich stehe auf, schalte das Radio ein und gehe zu Großvaters Häuschen. Ich klopfe an die Tür, aber er ist nicht da, also zwinge ich mich, so weit in Richtung Ufer zu gehen, dass ich sehen kann, ob sein Boot am Steg liegt. Es ist nicht da, Großvater ist wohl in die Stadt gefahren. Sollte ich mir Sorgen um ihn machen? Ich beschließe, dass Joel nach seiner Rückkehr herausfinden soll, wo Großvater ist.

Ich bin allein. Ich will nicht allein sein, das begreife ich nun. Der Wald rauscht, die Kiefer, die am Ufer steht und aufs Meer starrt, erinnert an eine Frau, die ihre Arme ausstreckt. Im Meer treibt etwas, es kann Schilf sein, es können auch Haare sein, wie auch immer, ich will es nicht sehen und nicht wissen.

Ich weiß nur, dass ich nicht mehr kann. Ich will die Stimmen und Gestalten in meinem Kopf loswerden. Wo ist Fanni? Ich will, dass Fanni hier ist, auf meinem Schoß, ich will, dass die beiden zurückkommen, aber mein Handy funktioniert nicht, wieder mal kein Netz, ich befinde mich außerhalb von allem, so wollte ich es ja selbst, und jetzt bin ich Gefangene der Insel. Ich traue mich nicht, die Insel mit dem Ruderboot zu verlassen, denn ich kann nicht ans Ufer gehen, aber auf der Insel bleiben kann ich auch nicht.

Ich sitze auf der Terrasse und blicke ständig aufs Meer, ob Joel schon am Horizont auftaucht. Plötzlich sehe ich an unserem Ufer ein Boot, eine dunkle Frau steht mit ihrer Familie regungslos an Deck und starrt mich direkt an. Ich gehe ein Stück näher heran, mein erster Gedanke ist, dass sie jetzt gekommen sind, um mich zu holen. Als Nächstes denke ich, dass sie Fanni und Joel mitgenommen haben. Die Frau nickt mir langsam zu. Hinter mir höre ich Schritte vom Haus her, aber als ich mich umdrehe, ist da niemand.

Ich will nicht ans Ufer und nicht ins Haus, ich will fort von hier, fort von dem, was unweigerlich in meinem Kopf passiert. Bald wird die Sonne untergehen, und ich weiß nicht, ob ich auf der Insel oder wieder in der Klinik bin, vor Einbruch der Dunkelheit muss ich von hier verschwinden. Joel sollte längst zurück sein, er fährt nie im Dunkeln mit dem Boot, wenn er Fanni dabeihat.

Im Wald regt sich wieder jemand, die Familie steht still im Boot, in ihren Blicken liegt nur Finsternis. Die sinkende Sonne spiegelt sich blutrot auf ihren Gesichtern, sie haben nichts mehr zu verlieren.

Ich muss weg, irgendwohin. Ich stehe auf und gehe ins Haus, es ist mir egal, wer darin umgeht. Ich flüchte so, wie ich es kann, und nehme einen gefährlichen Cocktail, mit dem ich die Stimmen und die Welt zum Verschwinden bringe. Schmerzmittel, Beruhigungsmittel, Schlafmittel. Ich schlucke alles, sperre mithilfe der Vorhänge die Insel aus und lege mich ins Bett. Draußen ist Wind aufgekommen, Wellen schlagen ans Ufer, ist es so einfach, verschwindet die Welt so leicht, wenn man loslässt? Ich schließe die Augen und denke an Fanni, ich denke, dass ich vielleicht noch einmal aufwache, und ob Fanni mir verzeiht, wenn nicht. Noch eine Welle in meinen Ohren, die nächste kommt nicht mehr.

JOEL

Fanni ist glücklich, seit Langem mal wieder. Wir spazieren durch Tammisaari wie früher, die Sonne scheint, die Kinder im Park lassen sie mitspielen. Es sind noch andere dunkelhäutige Menschen da, und für einen Moment wirkt der Park wie ein Ort, an dem es eine Zukunft gibt, in der Platz für alle ist.

Wir gehen Pizza essen und dann auf ein Eis ins Strandcafé. Fanni plappert davon, was sie einmal machen will, wenn sie groß ist, sie will Ärztin werden. Auch sie möchte Kinder retten, hier und anderswo, sie will Kinderärztin werden. Ich bin sicher, dass sie tatsächlich eine wird.

Ich sage ihr, das sei ein anständiger Beruf und sie wäre bestimmt gut darin, so wie in allem, was sie anfange.

Dann telefoniere ich mit Emmas Arzt. Fanni spielt währenddessen im Park. Mir wird leichter zumute, es gibt eine Lösung, und die schlägt der Arzt nun vor. Wenn ich Emma dazu überrede, die Insel zu verlassen, kann sich alles noch ändern.

Seit Langem mal wieder fühle ich mich leicht. Wir könnten auch so leben, so leicht und fröhlich, ohne Sorgen über den nächsten Tag. So war unser Leben früher wohl auch. Warum verstand ich das damals nicht?

Trotz allem will ich mit Emma zusammenleben, ob es bergauf oder bergab geht, das habe ich ihr versprochen, und damals meinte ich das auch so. Ich meine es immer noch.

Wir bleiben länger in Tammisaari als geplant und essen

dort auch noch zu Abend. Zufällig treffen wir eine Familie, die wir kennen, und gehen mit ihnen noch zum Abendschwimmen an den Strand. Die Sorge um Emma meldet sich, aber ich will jetzt nicht daran denken. Fanni hat einen sorglosen Tag ohne ihre Mutter und deren Krankheit verdient.

Als wir uns schließlich auf den Heimweg machen, ist Fanni im Boot ganz still. Wie es wohl Mama geht, fragt sie, und ich antworte mit gespielter Sorglosigkeit, es gehe ihr bestimmt gut. Wir sind spät dran, ich habe nicht berücksichtigt, dass es im August abends wieder früher dunkel wird. Ich weiß, dass sich Emma mittlerweile vor der Dunkelheit fürchtet, und habe für einen Moment Schuldgefühle, weil wir den Tag ohne sie genossen haben.

Am Ufer wirkt die Insel still, der Wald rauscht leise. Der Wind, der mit dem Abend gekommen ist, hat die Blaualgen davongeblasen, im Wasser treiben noch Flocken, aber die größten Teppiche sind weg. Als ich das Boot festmache, blicke ich zum Haus, Fanni rennt nicht los, um ihre Mutter zu suchen, und aus irgendeinem Grund denke ich, dass das gut ist. Dann erschrecke ich über meinen Gedanken. Natürlich ist alles in Ordnung, Emma kommt einen Tag allein zurecht, früher kam sie wochenlang ohne uns aus.

Still gehen wir zum Haus, ich öffne die Tür, ahne, dass Emma schon schläft.

Sie liegt auf der Seite auf dem Bett, wir sind ganz leise, schauen, ob sie atmet. Auf dem Nachttisch stehen zu viele Tablettendöschen. Emma regt sich nicht.

Hat sie es jetzt getan, denke ich, und im selben Moment tut Fanni, wozu ich nicht fähig bin. Sie geht zu ihrer Mutter und berührt sie leicht an der Schulter.

»Mama, wach auf«, sagt sie leise, dann etwas lauter, »Mama,

wach auf«, und plötzlich atmet Emma tief, sie wacht auf, blin-
zelt und lächelt. »Ach, ihr seid schon da«, sagt sie und nimmt
Fanni in den Arm. »Ich habe euch so vermisst.«

EMMA

Wir legen Fanni schlafen und setzen uns auf die Terrasse. Joel ist ernst, er macht sich ein Bier auf und sitzt still da, den Blick aufs Meer gerichtet. Ich bin benommen, habe wohl viele Stunden geschlafen. Aber ich habe keine Angst mehr, die Insel ist wieder unsere Insel, die Geister sind außer Sichtweite. Vom Meer kommt frische Luft, der faulige Geruch ist weg. Ich zünde Sturmlampen an und hänge sie auf die Terrasse, so ein dunkler Augustabend ist eigentlich ganz romantisch. Plötzlich erinnere ich mich an den ersten Abend hier, an das feuchte, kalte Häuschen, an Joels Geschäftigkeit, an mein Entsetzen in den finnischen Schären mitten im Oktober. Das ist lange her, jetzt kommt es mir so vor, als wäre ich schon immer hier gewesen.

Nachdem wir lange schweigend im warmen Licht der Lampen gesessen haben, fängt Joel endlich an zu reden. Er hat mich angelogen. Er war nicht in der Apotheke. Er hat mit meinem Arzt gesprochen. Hinter meinem Rücken, heimlich, als wäre ich ein Kind oder ein Wirrkopf, den man in Obhut nehmen muss.

Bin ich ein Wirrkopf, den man in Obhut nehmen muss?

Der Arzt hat eine neue Operation vorgeschlagen.

Ich frage, warum. Um den Splitter endgültig zu entfernen, antwortet Joel.

Welchen Splitter, frage ich und will dieses Gespräch nicht, ich bin nicht bereit dazu, und wir haben nicht ausgemacht, dass wir es jetzt führen.

Den Splitter, der von der Bombe in dir zurückgeblieben ist, Emma, sagt Joel mit ruhiger Stimme aus dem Dunkel heraus. Du erinnerst dich, wenn du es versuchst und dich traust, oder, fragt er, bittet er fast, und auf einmal verstehe ich, dass auch er Angst hat.

Intuitiv blicke ich mich nach Großvater um und suche ihn vor seinem Häuschen, aber dort ist er nicht. Wo ist er hin, sollte man ihn nicht allmählich suchen gehen, eigentlich kann ich mich nicht erinnern, wann wir ihn das letzte Mal gesehen haben.

Sollten wir nicht Großvater anrufen, sagte ich zu Joel, aber er reagiert nicht.

Der Reißverschluss an meinem Kopf spannt und fängt an, sich zu öffnen, darunter steigen Bilder auf, ein angehaltener Augenblick, in dem die Hälfte eines Menschen langsam an mir vorbeifliegt, dann erhebe ich mich in die Lüfte und fliege selbst irgendwohin, ich höre nichts, spüre aber einen Druck, dann einen reißenden Schmerz in meinem Kopf, bis es dunkel wird.

Diesen Traum habe ich oft gehabt, wiederholt, nur mithilfe der Schlaftabletten werde ich ihn los, und ich hielt ihn für einen Traum, für ein Bild dessen, was einer anderen Person irgendwo widerfahren ist, für eine Geschichte, die ich irgendwo gehört, vielleicht auch fotografiert und beschrieben habe.

War es eine Bombe, frage ich Joel, und er antwortet: Es war eine Bombe.

Er lügt. Ich stehe auf und gehe langsam ans Ufer, aber dort ist niemand. Wir sind allein hier.

EMMA

Ich wachte im Dunkeln auf. Alles tat mir weh, der Kopf stärker als der Rest. In Krankenhäusern ist es nicht dunkel, dachte ich, bin ich Gefangene der Terroristen? Ich fing an zu denken, wie ich es in den Schulungen für solche Situationen gelernt hatte. Ich wagte es nicht, zu sprechen. Irgendwo hörte man Schritte. Ich tastete nach den Betträndern, zu meiner Erleichterung begriff ich, dass es wahrscheinlich ein Krankenhausbett war. Später erfuhr ich, dass es damals einen Stromausfall gegeben hatte und ein Teil des Krankenhauses deshalb dunkel war.

Ich muss also nicht fliehen, folgerte ich, obwohl ich wusste, dass mir mein Zustand eine Flucht gar nicht erlaubt hätte.

Ich stehe unter Schock, dachte ich. Ein Schock ist eine gute Sache, er schützt den Menschen, bis er wieder in Sicherheit ist.

Ich erinnerte mich, dass ich irgendwo ein Kind hatte. Ich erinnerte mich, dass sich das Kind in einem anderen Land befand, in Sicherheit. Sein Name fiel mir nicht ein. Ich erinnerte mich an den Duft des Kindes, an sein dickes, gelocktes Haar an meiner Wange.

Ich hatte unerträglichen Durst, schaffte es aber nicht, um Wasser zu bitten, und glaubte auch nicht, dass mich jemand hören würde.

Das dunkle Gemüt lässt dunkle Gedanken entstehen. Sie strömten in einer nicht abreißenden Flut durch mein schmerzendes Gehirn. Ich dachte, vielleicht sterbe ich, fragte mich, ob ich meinem Kind noch sagen könnte, dass ich an es denke. Würde ich mich noch einmal bewegen, nach Hause zurückkehren können? Würde ich hier allein sterben, ohne dass jemand erfuhr, wo ich war und wer ich war? Wollte mir überhaupt jemand helfen?

Ich dachte, es sei am besten, zu schlafen, auch wenn ich nicht wusste, ob es mein letzter Schlaf sein würde. Manchmal kommen Menschen vor ihrem Tod noch einmal kurz zu sich. Ich verabschiedete mich von denjenigen, an die ich mich nicht richtig erinnerte, dachte an die Haare des Kindes, an meine Liebe zu ihm, beschloss, es nie mehr zu verlassen. Dann ließ ich mich einschlafen.

EMMA

Ich kehre vom Ufer zurück und setze mich neben Joel. Er schaut mich vorsichtig und um Verzeihung bittend an.

»Ich glaube, ich erinnere mich an etwas«, sage ich. »An ein Krankenhaus, an Dunkelheit, an Angst, an Sehnsucht nach euch. Die Sehnsucht nach euch hielt mich am Leben.«

»Das ist gut«, erwidert er.

»Was für eine Operation ist es?«, frage ich.

»Die Ärzte wollen noch einmal versuchen, den Splitter zu entfernen. Beim letzten Mal hat es nicht geklappt, aber ein anderer Chirurg möchte es versuchen. Der Splitter wirkt sich zu stark auf dein Leben aus. Eine Operation ist immer ein Risiko, aber das ist der Splitter auch. Wenn der Chirurg ihn herausbekommt, kann alles vielleicht wieder werden wie zuvor«, sagt er und trinkt einen Schluck Bier. Er schaut mich nicht an, plötzlich verstehe ich, dass er dieses Gespräch ebenso wenig führen will wie ich.

»Nichts wird wieder wie zuvor«, sage ich, und Joel nickt.

»Woher soll ich wissen, dass du nicht lügst?«, frage ich und trinke von seinem Bier, obwohl ich nichts trinken soll, wenn ich Medikamente nehme.

»Emma«, sagt Joel ernst, fast verzweifelt, und dadurch weiß ich, dass ich mich auf noch etwas gefasst machen muss. »Großvater ist tot«, sagt er, und kurz denke ich, dass er verrückt geworden ist.

Dann fährt er fort: »Tot, verstehst du? Er ist nicht mehr hier. Großvater ist schon vor einem Jahr gestorben. Ich weiß, dass es dir seit dem Unglück schwerfällt, dich an diese Dinge zu erinnern, aber wegen Fanni wäre es wichtig. Ihr lebt in derselben Fantasiewelt, du und Fanni, aber du musst Fanni helfen, aus ihr herauszuwachsen. So kann ein Mensch nicht leben. Fanni muss von Großvater loskommen.«

Joel schweigt eine Weile, bis er mit ernster Stimme fortfährt: »Ich glaube, wir müssen den Ort hier verkaufen. Wenn hier all diese Gestalten herumgeistern, von denen du erzählst. Wir werden die Insel los und kaufen uns was anderes. Anderswo. Im Ausland. Von mir aus in Afrika. Lass uns nach Afrika ziehen, bestimmt kann man dort irgendwo eine kleine Insel kaufen. Lass uns dorthin gehen und Entwicklungshilfe leisten, du hast recht, und ich habe unrecht. Die Welt kann noch gerettet werden. Man muss sie retten. Wir sollten Fanni zur Weltretterin erziehen, auch das ist wichtig. Du hast recht, verlassen wir dieses Land, gehen wir irgendwohin, wo sich die Menschen über sauberes Wasser und eine Schule freuen. Wir haben hier ja niemanden mehr, wir brauchen für niemanden zu sorgen. Nicht einmal für Großvater. Er ist nicht mehr hier, und das musst du auch Fanni sagen.«

Ich antworte nicht. Ich schaue auf den Felsen, auf dem Großvater jeden Morgen sitzt. So lebendig wie wir, mit dem Rücken zu uns, das Gesicht zur Sonne. Ich vermisse ihn. Stelle ich mir deshalb vor, dass er dort sitzt? Oder weil er eine beruhigende Wirkung auf mich hat, eigentlich auf uns alle? Er war das gute Magnetfeld, das auf der Insel herrschte. Vielleicht hat sein Tod die Magnetfelder durcheinander- und neue Geister hergebracht, die Vorstellung bringt mich zum Lachen, aber als ich Joels ernstes Gesicht sehe, lache ich nicht mehr.

Es stimmt, dass Großvater nie da ist, wenn auch Joel anwesend ist. Er kommt nicht zu den Ausflügen mit, er sitzt nicht am Frühstückstisch. Er ist für sich, aber auch Fanni redet über ihn. Ich glaubte, Großvater habe bloß Streit mit Joel. Stattdessen ist er tot.

Manchmal fällt es einem Menschen leichter, mit Toten als mit Lebenden zu sprechen. Großvater hat das gesagt, ich erinnere mich lebhaft an unser Gespräch. Aber plötzlich verstehe ich, dass es nicht diesen Sommer stattfand, sondern vor langer Zeit, als Großmutter gerade gestorben war.

Ich habe das Zeitgefühl verloren, die Vorstellung davon, was jetzt geschieht und was früher geschehen ist, vor dem Unglück. Ich verstehe die Geschichte nicht mehr. Was bleibt einem dann noch?

Jedes Mal, wenn wir die Geschichte vergessen, ereignen sich schreckliche Dinge. Darum muss ich mich an alles erinnern, auch an das, woran ich mich nicht erinnern will. Und dann muss ich loslassen.

Ich stehe auf, gehe ins Haus und rüttle die schlafende Fanni sanft wach. Sie schmatzt und gibt ein kleines Wimmern von sich. Ich rüttle sie erneut, und sie öffnet die Augen einen Spaltbreit.

»Fanni, wo ist Großvater?«, flüstere ich. Fanni schaut mich schläfrig an.

»Großvater liegt auf dem Friedhof, neben Großmutter«, antwortet sie und schließt die Augen wieder.

»Großvater ist also tot«, sage ich in Gedanken versunken.

»Ja-aa«, antwortet Fanni und gähnt, »aber er ist trotzdem im Universum.«

Dann dreht sie sich um und schläft weiter. Ich gehe wieder auf die Terrasse. Joel sitzt dort immer noch für sich, er lässt mich in Ruhe nachdenken.

Sogar das Kind versteht, dass Großvater tot ist. Joel lügt nicht, nie, er hat recht, und ich habe unrecht. Das Kind begreift den Unterschied zwischen Fantasie und Wirklichkeit, es weiß, was Spiel ist und was Realität. Das muss ich neu lernen, weil mein Gehirn es nun einmal nicht mehr weiß.

Das kann passieren, wenn das Gehirn versagt. Joel hat recht, ich habe eine Narbe am Kopf, und darunter befindet sich kein Tumor, sondern ein Splitter, der entfernt werden muss. Joel sagt die Wahrheit. Ich muss ihm glauben.

Großvater ist tot.

Ich kann üben, ihn nicht zu sehen.

Ich muss verstehen, dass Großvater nicht real ist. Er ist tot, und mein Gehirn hinkt diesem Verständnis hinterher. Mein Gehirn hat mich getäuscht, ich muss das glauben und auf das schauen, was wahr ist. Was ich fühle, was man anfassen kann. Fannis Haare. Joels Hände. Das warme Meer. Das reicht. Mehr muss man nicht anschauen, mehr muss man nicht erinnern.

Ich glaubte, die Toten wohnten im Meer. Aber sie sind hier, überall.

Woher weiß ich, dass Fanni real ist, dass Joel lebt? Bin ich allein hier? Oder bin ich noch immer im Krankenhaus, umgeben von fremden Ärzten und inmitten von Explosionen? Werde ich dort aufwachen, mitten in einem Albtraum, mitten in einem Dunkel, das nie endet?

Joel hat recht. Ich muss loslassen. Weggehen von hier, ohne zurückzukehren.

Ich muss mich verabschieden, von Großvater und all denen, die im Meer geblieben sind. Ich muss mich auf die Lebenden konzentrieren.

JOEL

Der letzte Tag des Sommers. Emma sitzt am Ufer, allein wie immer, aber diesmal scheint sie keine Selbstgespräche zu führen. Vom Meer aus legt sich Dunst übers Ufer, und wenn ich die Augen zusammenkneife, sieht es aus, als säße jemand neben Emma. Vielleicht ist es wahr. Ich gehe leise zu ihr, trete in den Dunst hinein, nehme ihre Hand. Wir sitzen da, auf einem Felsen am Meer, es ist, als atmete das Meer still und jemand schaute uns von dort aus an. Ich drücke Emmas Hand, lass uns gehen, sage ich zu ihr, und sie drückt meine Hand.

FANNI

Fanni und Großvater stehen am Abend auf dem Steg
und schauen in den Auguststernenhimmel.

Großvater, sagt Fanni.

Ja?

Wo endet das Universum?

Nirgendwo, antwortet Großvater, es setzt sich unendlich fort, soweit wir wissen.

Nein, ich meine, wenn man von hier aus ganz bis
zum Ende reist. Wie lange dauert das?

Großvater überlegt kurz.

Das ist eine lange Reise. Das Universum ist unendlich.

Stirbt man unterwegs, dauert es so lange?

Ja, das kann schon passieren.

Und wenn man mit einer Rakete fliegt?

Großvater lächelt.

Das reicht trotzdem nicht ganz, so schnelle Raketen
haben wir noch nicht erfunden. Irgendwann vielleicht,
wenn du erwachsen bist oder so alt wie ich. Die Unend-
lichkeit des Universums ist auch für Erwachsene ein
bisschen schwer zu fassen. Ich bin schon so alt, aber
verstehe es immer noch nicht. Aber man muss auch
nicht alles verstehen. Manchmal reicht es, einfach die
Tatsachen zu akzeptieren.

Fanni überlegt eine Weile.

Ich muss dir was sagen, Fanni, sagt Großvater. Aber

das ist ein Geheimnis. Versprichst du mir, dass du es niemandem erzählst?

Ich verspreche es, antwortet Fanni ernst.

Ich bin ein bisschen krank, sagt Großvater und nimmt Fannis Hand. Es kann sein, dass ich nicht mehr besonders lange lebe. Ich habe im Herzen so eine Stelle, die kann kaputtgehen, und das kann man nicht mehr reparieren. Aber ich will es niemandem erzählen außer dir, weil man nichts dagegen tun kann. Dein Vater und deine Mutter machen sich nur unnötig Sorgen, und sie müssen sich über so viele andere Dinge den Kopf zerbrechen.

Stirbst du dann, wenn das Herz kaputtgeht, fragt Fanni.

Ja, ich sterbe dann. Ich besuche Großmutter. Weißt du noch, wie wir darüber gesprochen haben, dass alte Menschen sterben müssen, die Jungen aber leben sollen?

Aber ich werde dich schrecklich vermissen, sagt Fanni, bemüht, die Tränen zurückzuhalten.

Ich dich auch. Aber du weißt doch noch, dass wir uns irgendwann wiedersehen?

Sehen wir uns dann am Ende des Universums, fragt Fanni.

Ja, sagt Großvater und lächelt. Das verspreche ich. Am Ende des Universums sehen wir uns.

EMMA, JOEL UND FANNI

Ich stehe an Deck des Bootes, blicke vom Meer aus aufs Haus, auf der Terrasse sieht man Nebel.

»Siehst du, Mama, als ob jemand auf der Terrasse stehen würde«, sagt Fanni neben mir.

»Stimmt«, antworte ich, »das dürfte Großvater sein. Winken wir ihm zum Abschied.«

Ich nehme Fannis Hand, und wir winken zusammen dem Haus zu, Fannis Hand ist warm, sie ist lebendig und wirklich und verschwindet nicht.

Als wir uns von der Insel entfernen, sehe ich alles deutlicher. Hinter Großvater sind nun nebelhafte Gestalten zu erkennen. Sie schwanken neben den Baumstämmen und hinter ihnen, dicht beieinander oder allein, Familien, die nebeneinandersitzen, einzelne Kinder, Alte, die sich an einen Stein oder an einen Baum lehnen.

Sie bilden eine Armee von Toten, im Nebel schwebende graue Gestalten, und man kann sich kaum vorstellen, dass ich die ganze Zeit an ihnen vorbei- und durch sie hindurchgegangen bin, ohne sie zu sehen, lediglich ahnend, dass wir nicht allein sind, dass die Insel nicht mehr uns gehört.

Am Steg liegt dort, wo wir sonst unser Boot festmachen, ein anderes Boot, eine Familie steht an Deck. Sie schauen uns an, die dunkle Frau nickt mir mit nachtdunklen Augen zu, das ist ein Dank und ein Abschied, und in einer lautlosen Welle hebt auf der Insel das Meer der Geister langsam die Hand zum Gruß und verneigt sich gleichzeitig.

Diese Insel ist eine Insel der Geister, Heimat der Toten, derer, die niemand liebt und will, die niemand als Angehörige
anerkennt oder auf dem Friedhof begräbt.

Die Lebenden gehören dort nicht hin, und so setzen wir
unsere Fahrt fort.

Dank

den Kosmonauten: meinem Verleger Mikko Aarne für Glaube, Inspiration und gute Gespräche. Meiner fähigen Lektorin Kirsikka Myllyrinne für ihre Genauigkeit und das leidenschaftliche Vertiefen in meine Texte. Lektorin Anni Moilanen und Pressechefin Heini Salminen für ihre Freude und Hilfe. Feiern könnt ihr auch – dafür ebenfalls danke.

Den Vorablesern und Experten: Danke, Minna, für die Geschichte deiner Familie, für alle Hilfe und für das Vertrauen. Sanna, Katja, Anna und Anna-Riikka: Danke für die Unterstützung, für die wertvollen Ansichten von Berufs wegen und aus Freundschaft.

All meinen lieben Freunden: Danke, dass es euch gibt und dass ihr mit Begeisterung an jeder Hundehochzeit teilgenommen habt, die ich veranstaltet habe.

An Louna und Jussi: Danke für alle Hilfe in unserem Leben und für gemeinsame Inselerlebnisse. An Opa außerdem ein Danke für die Inspiration.

Meinem Vater und meiner Mutter: Danke für die Liebe, die Literatur und den ewigen Glauben an die kleine Dichterin. An meine Schwester Pia mit Familie: Danke für die Unterstützung und die Begeisterung für die Aktivitäten der kleinen Schwester.

Schließlich ein besonderer Dank an meinen Mann Jukko für ein ganzes neues Leben in den Schären und dafür, dass sich inmitten des Chaos Zeit und Raum zum Schreiben fanden. Dank an meine Jungen A. und A. für die tägliche Liebe, die Freude und für eure erstaunlichen Gedanken, über die ich schreiben darf.

Ina